U0681883

新时代诗库

快递中国

王二冬 著

中国言实出版社

图书在版编目(CIP)数据

快递中国 / 王二冬著 . -- 北京 : 中国言实出版社，
2022.8

ISBN 978-7-5171-4270-6

Ⅰ . ①快… Ⅱ . ①王… Ⅲ . ①诗歌 – 作品集 – 中国 –
当代 Ⅳ . ①I227

中国版本图书馆 CIP 数据核字（2022）第 142659 号

快递中国

责任编辑：李　颖
责任校对：史会美

出版发行：中国言实出版社
地　　址：北京市朝阳区北苑路180号加利大厦5号楼105室
邮　　编：100101
编辑部：北京市海淀区花园路6号院B座6层
邮　　编：100088
电　　话：010-64924853（总编室）　010-64924716（发行部）
网　　址：www.zgyscbs.cn　电子邮箱：zgyscbs@263.net

经　　销：新华书店
印　　刷：徐州绪权印刷有限公司
版　　次：2022年9月第1版　2022年9月第1次印刷
规　　格：880毫米×1230毫米　1/32　6.875印张
字　　数：200千字

定　　价：58.00元
书　　号：ISBN 978-7-5171-4270-6

《新时代诗库》编委会

编委：吉狄马加　李少君　王　冰
　　　霍俊明　陈先发　胡　弦
　　　杨庆祥
主编：李少君

　　王二冬，男，1990年生于山东无棣，新工业诗歌代表诗人、山东省作协签约作家。系快递行业从业者。参加《诗刊》社第36届青春诗会，著有诗集《东河西营》等。先后荣获中国红高粱诗歌奖、草堂诗歌奖、陈子昂诗歌奖·"百年路新征程诗歌创作工程特别奖"、"我向新中国献首诗"一等奖等。

　　Wang Erdong, a logistician and contract writer of Shandong Writers Association, is best known as a poet of the New Industrial Poems and the author of the poetry book Dong He Xi Ying (literally East River West Camp).

　　He participated in the 36th Youth Poem Conference organized by Poetry Periodical and his logistics themed poems are widely hailed as a success by the Chinese society. Some of the awards he won include:

　　• The Chinese Red Sorghum Poetry Award

　　• The Thatched Cottage Poetry Award

　　• The Chen Zi'ang Poetry Award and Special Award of the Poetry for New Beginning of the Centennial Journey

　　• The 1st Prize of A Poem to the People's Republic of China

谨以此书献给奔跑在路上的快递员
和正为梦想奋斗的每一个普通人

自序　链接的力量

　　"由山峦阻隔的遥远是一种绝望，而有河流相通的遥远则是一种期待。"化用《霜冷长河》中的一句话，恰好能表达我近几年创作"快递"主题系列诗歌的缘由和感受。每一次传递带来的便捷、每一次抵达带来的喜悦、每一个快递员奔忙的身影、每一个因平凡而愈加伟大的普通人……这一切就是我主题创作的源泉和归宿。

　　人生是一条河流，分拣线也是一条河流，河流无非是无数滴水汇聚在一起。每一个快件就是一个点、一滴水，越来越多，靠得越来越近，就成了物通其流；每一个脚印也是一个点、一滴水，越走越紧，追得越来越快，就成了人的一生。这些我们可以称之为连接。

　　但当我们站在一条线上的任何一个点望去，你会发现每一个快件中都有不同的内容，收运转派的每一个环节都充满劳动者的智慧；你也会发现每一个奔跑的身影背后都有不同的故事，青春、家庭、担当，又或仅是为了奔命和生存，放大就是一张人生百态图。这些就是链接的结果。

　　产业链、创新链、供应链、价值链……链，是多维的、立体的，链是一个生态圈。快递，即是如此。从鸿雁天使到快递小哥，从绿色邮车到无人驾驶，从方寸邮票到电子面单，从一件到一千亿件……收快递早已成为老百姓新的开门七件事之一，它连接千城百业、联系千家万户，每个人都生活在由快递编织的大网中，享受着快递服务带来的暖意。

当我站在街边，看到五颜六色的快递小哥从我身边掠过，像风一样。片刻呼啸中，我就会想，有没有一条诗歌链，连接泥土与天空、连接汗水与丰收、连接异乡与故土，也连接怀疑与接纳、连接投诉与和解、连接今朝与明天，更连接行业与时代、地域与世界、包裹与万物……所以，我选择了一条冒险之路，书写一个诗歌从未触达的主题，至少是尚未系统化书写的主题。作为一个快递行业与诗歌创作的双重在场者，我有责任用诗歌的方式让读者从一个崭新的角度了解这个行业，重新认识每天跟他们说"您好，您的快递到了"的小哥，每一个包裹上的诗意，值得我们去挖掘、阅读和传播。

"文章合为时而著，歌诗合为事而作。"我是幸运的，身处快递行业，每天都有精彩的故事，每一次遇见都期待下一次遇见。我发现并靠我的一知半解写出来的不过千万分之一，甚至更少。而能有一首哪怕一行，被快递员读到自己就在其中，被收件人读到一个快件里的人生，那就足矣。

如果没有星星，宇宙再辽阔，也不过一个黑洞。而此刻，星斗静默，正俯瞰人间。快递从未停止流动，那些奔跑的光束，让我看到人间正茂盛。

2022 年 4 月 20 日凌晨，于上海嘉定区

目 录

CONTENTS

第二辑　分拣线

附　录

第一辑

奔跑者

快递宣言

一个个快件如横平竖直的汉字
用每一次穿越山河与风雨的抵达
在九百六十多万平方公里的土地上
书写着新时代的速度和温度

快递抵达的地方，正是我的中国
比如三沙，蓝色的大海是最好的
分拣中心，海浪举着包裹
跟永兴岛一起守卫我们的南海
比如漠河，极光是大自然制造的
扫描仪，检验着劳动者的努力
也细数着来自五湖四海的祝福

快递抵达的地方，就是我的中国
就算每一次运输都要与死神交锋
像没有翅膀的鸟飞在云端
那就用骨头对抗风搅雪沙尘暴

也要让老虎闭嘴让石门打开
让招手的小鬼躲进弯道和绝壁深处

我的亲人在更远的地方等待
他们等待的地方就是我的祖国
每一次在异国他乡思念，我就把思念
填进包裹，当无数个夜晚跨越千山万水
抵达，像一片被蓝天签收的云朵
在祖国的怀抱中满含热泪

2019 年 1 月 30 日

乡村使者

他跑过田野，被惊起的麻雀

飞上货车占领包裹，成为此单的编码

爱唱歌的快递员，习惯把柳枝捻成长笛

随鸽哨声率先被收件人签收

他走到河畔，群鱼排列成一条直线

散发着腥味的传送带，不是冷链

是河流培养的分拣员，是逆风发光的鳞片

点击世界搭在乡村的鼠标

嫁到东河西营的媳妇爱网购

常把挂在门闩的月亮敲得噼啪响

快递员是叫醒她的闹钟，城市的专利

被涂上额头、脸蛋和嘴唇，在春光中绽放

越盛开，嫁接的伤口就越愈合

于是思念有了快件的形状

小小的包裹填补了城乡的裂痕

她把瓜果交给快递员，父母尝到女儿的甜蜜

她把围巾交给快递员，丈夫在异乡不再寒冷

她偶尔也把无名的悲伤交给快递员

没有地址的收件人像一棵与时间对抗的树

不知道送给这一棵还是那一棵

他有时觉得自己也是收件人，自己

也被这个村庄被村庄里的人和万物爱着

2019 年 1 月 21 日

北京梦
——兼致快递员宋学文

在梦中，你仍继续奔跑

像一匹马，城市与原野，被你腾跃

若身体下坠，你会变成一个快件

轻飘飘起飞。每一扇窗、每一条街巷

都为你打开，你就是这座超大城市的白鸽

永远打头阵的白鸽，为每一份等待

衔来希望，"哦，等待和希望——

人类的一切智慧都包含在里面"

哦，等待和希望、拼搏和梦想

快递员宋学文和北京

三条平行线，互相遥望又延伸

三十万个快件已成为中关村上空的星星

你用十年青春，陪伴这座造梦之城

你的每一次妥投，都是在祝愿

时光也可以将一批又一批创业者妥投到彼岸

你的见证，更是被见证

北京，也时刻在观察着你——

大件在上、小件在下、紧急的放中间

IT 刘的靠里、老师张的朝外

出租王和护士孙今晚要值班，放门口柜子

赵奶奶的面粉和大米，天亮要先送过去……

送快递，被你送成了一门学问

生活的琐碎，被你送成了一道可解的逻辑题

你是否会在疲倦时仰望天空

片刻休息中，想起庆祝建党百年那一天

你走过天安门，在历史的辉耀下

你以快递小哥的角色代表着新时代和未来

在世界的瞩目中，你以优秀共产党员的身份

传递着北京之梦和中国速度

此刻的你，正站在云顶滑雪公园

远眺五棵松和国家体育馆

你的跑道在三个场馆之间，没有观众的地方

你心中的信仰和走过的三十六万公里快递之路

就是裁判，你夜以继日操练

只为赛事开启时，精准送达每一件装备包

只为每一位运动员轻松上阵

在冬奥会的中国舞台上展示最好的风采

其实，你的梦也是北京的梦
你们始终交织在一起
奋斗是我们共同的底色，大道无边
每一个人都在用自己的方式描绘生活的五彩斑斓
而今天，你与时代，互相成全

2021 年 8 月 2 日

星星

他是一粒沙，与无数粒沙一起

在西北巴丹吉林沙漠腹地翻涌着

风很急，道路却漫长

等待签收的人很急，夜色在如水的

凉意中，天地便安静下来

他也很急，黎明即将唤醒新的一天

又要往他的心里添几把火

星星不急，时隐时现

——这宇宙中最为巨大的沙粒

早已看清一切：雨水、植被、月光

火箭升空后留下的灰烬、酒后的泪痕

快递小哥的身体和怀中的包裹……

万物愈严实，愈透明；愈透明，则愈缓慢

有些快件，注定无人签收

有些事情，注定急速不得

比如一个孩子学会说话而后懂得保守秘密

比如一封情书从起笔到结束

比如从一个人变成一颗星

而后把一生积攒的光均匀地洒在

每一个正在仰望的人的身上

2021 年 9 月 6 日

母亲，我在武汉送快递

不要挂念我，母亲

我在武汉送快递，与万家

不熄的灯火，与所有逆行的人

一起守护这座城市的烟火气

——蔬菜、水果、鱼肉、柴米油盐

擅做热干面的大妈常给我打包一碗

我早已成为他们生活的一部分

还有那个喜欢用手抹鼻涕的红领巾

最近学会了讲卫生，像极了儿时的我

只是他无法跑到东河西营的原野上撒野

母亲，你见过那么多渴望春天的眼神吗

每一个口罩的背后都隐藏着一个世界

——恐慌、悲伤、焦灼、平静

怀疑，或又满含生命向上的力量

我必须加速奔跑，在楚河汉街

从未有过的空旷中，我必须跑过病毒

给医生的枪膛上满子弹

我必须保持微笑，武大的樱花还没开

我们都是含苞待放的一朵朵

你会感到欣慰甚至自豪吗，母亲

我从未想过一个普通的快递员

也可以惊起长江的滚滚波涛

我相信，每一次打开快件的瞬间

都是打开了一扇家门，打开了一片森林

让呼吸不再成为一个难题

对不起了，母亲——

我还是不能辞别黄鹤楼

你会理解并在日暮乡关时为我祈祷

有的人没有留下只言片语就离开了

我是多么幸运，还能回到你的怀抱

因此，我一定——

要把这份爱的眷顾传递到街巷

传递到每一个等待的窗口

那一个个长途跋涉的快件

如同希望的种子，小心

再小心着，埋进每个人心中

2020 年 2 月 14 日

冰山新来客

风是最好的搬运工，把炊烟
吹到帕米尔高原，山谷水源处
有了人世的味道
花儿从一九四九年盛放
牛羊撒过欢的牧场开始生长
——这是祖国的边陲，甚至是
我们不曾到过的远方

当快递员抵达物流的极点
他们成为高原上奔跑的雪莲
一个个脚印串连成网购世界中
看得见的线，将喀什与大海牵在一起
他们是一片祥云，更是一团火
跟花儿一起燃烧，温暖草原深处的夜晚

塔什库尔干站是地图上找不到的点
但当我们朝西仰望，应该把它

当成星星。一带一路

就是如此被点亮的，世界真正

辽阔起来，远方通过快递网络

成为近邻，仿佛我们一伸手

就看到帕米尔的雪花在掌心发出光芒

2019 年 1 月 9 日

城市超人

踏入的最后一个门是妻儿的梦乡

这一次，你不忍敲响

巴枪[1]已自动关闭，超能力瞬间消失

你静静坐着，整座城市停止奔跑

夜晚是短暂的，短到

快件又在分拣中心跑了几百圈

短到北五环的星光下

又有几万名快递员开始新的征程

勤劳的小蜜蜂啊，你是距离我们

最近的期待，把遥远的祝福

变成触手可及的包裹

把四散的美食盛进同一种步伐

我也见过你的焦急、悲伤和坚定

甚至是偶尔的抱怨，在一场汗流浃背的

---

[1]巴枪又被叫做物流PDA或者物流手持终端，以PDA手持终端作为数据存储的载体，搭载操作系统、扫描引擎，借助无线通信方式，通过条码扫描形成一套数据采集传输系统。

奔跑中，都消失不见——
这些都已成为我们的时代表情
把城市装点得更有活力

其实，哪有什么超人
反光镜上映照的飞鸟，也有疲惫的身躯
每一次与时间的赛跑，不过是
追赶孩子的成长，每一次把战线拉长
不过是缩短回家的距离
可我依然把你当成城市的超人
在你传递无数快件之后，生活终会给你
一个大包裹，那是给予追梦人最好的认可

2019 年 2 月 26 日

遥远的包裹

与另一个星球互寄包裹
是温故了几千年的梦。为此
海南文昌的火焰与浪花一起燃烧
这地球的转运中心，一次次
把宇宙快递员送入星际
寻找另一片蔚蓝

黔南群山保持最深沉的静默
二十万平方米的站点端坐于远古森林
等待接收一百三十七亿光年外的快件
里面有我们渴望已久的信号
那是来自星际最细小的声音

而不老屯天文台是幸运的收件人
嫦娥一号是优秀的快递员
首张来自月球的照片曾在此签收
如果你问我为什么钟情于此地

我想说，这里距离月亮更近一些

是的，我们距离伟大复兴的梦想
也更近了一些，中国天眼、天宫二号
发射基地……这是荣耀大国的见证
是新时代通往未来的中转场
这一切并不遥远，每一次
穿越时空的抵达都见证着我的中国

2019 年 4 月 13 日

河边野餐

赵泾河畔，月亮隐身于树丛

电动车灯把一小块草坪照得像桌布

铺在夜的荒芜中，大地的窗逐渐开放

两个大篮筐倒扣于中央

上面摆满餐食和啤酒

五个快递小哥围坐于此，吞咽着

仿佛要把白天妥投的快件吃进肚子里

他们操着不同的方言

讲述一天的经历，从未有过的

从未走过的街巷、寂静的社区和商场

从未见过的眼神、秩序和不安的静谧

他们谈论着，或许无法完全听清

几个精准的词，足以使对方理解

——阳光下，他们是彼此的影子

"干杯"，他们狠狠碰在一起

想把这夜砸出窟窿，黎明是他们出发的信号

棕斑鸠惊起，翅膀下的风

带走桌布上的光，向前飞、飞远
直到停留在灯火最暗的街区
打开这特殊的包裹，使劲抖擞满身星光
几个异乡快递员的热情奔赴，闪烁着

2022 年 5 月 15 日

云中记

如果送货地址是一座大桥的名字
如果大桥高架，横亘于云端
如果收件人就藏在云中
那要穿过多少河流翻过多少群山
才能在天空把包裹签收

尼珠河大桥就是唯一的妥投地
护桥工人通过网络下单检修工具
守护着世界上最高的桥梁
快递小哥也常至此，在雾中
彼此露出略大于云朵的笑容

还有的地址仅是带有编号的高压电塔
修电塔的人把快递小哥的步伐
跑成乱码：一个到了，一个又走了
直到灯光把城市照得通明，他俩的追逐
才在月亮的辉映下变成同一个黑点

他们不是腾云驾雾的神仙

却把桥梁、汽车和快件送上了天际

他们不具备追风逐电的超能力

却在旷野中跑出麦子拔节的速度

他们是平凡的奋斗者，不愿意辜负

新时代给予自己的每一份信赖

2019 年 4 月 15 日

春海

送完最后一件快递后，春海
安静下来。他走到广场边的大树下
瘫坐进篮筐里，像一个孩子跑累后
蜷缩在母亲怀中

三十七岁的春海，是兴茂营业部的
一个传奇，他每天睡在站点
守着空空的夜晚。箱货车到来前的
八小时，他总心无着落——
这无垠的宇宙，每一颗星
仿佛都是等待他派送的快件

他跟站里的每个人都不一样
别人的篮筐是红色的，有姓名和编号
唯独他的篮筐是白色的，且小一号
显得干瘪瘦小，格格不入又引人注目

春海和他的篮筐都来自东河西营

务农的那些年，他用它装过白菜、大葱

也盛过玉米、麦穗和新磨的面粉

他还用它打过架，镇上的街霸被他扣住脑袋

胖揍一顿后，俩人结交成兄弟

春海，春天的海，广阔的东河西营

麦穗是大海黄金般的浪花

摇曳着，闪耀在每一个值得欢呼的日子

风中的香气弥漫向远方

春海，他名字的另一层含义叫自由

如果每个人注定像一枚快件

无法选择寄件人与收件人

那旅途中，他一定要偏离一段轨迹

去追逐、去撒野，甚至遍体鳞伤

而后放声大笑，重回众生之中

2021 年 7 月 27 日

千年首单

西湖是苏杭的分拣中心，连接

人间和天堂，寻仙和寻爱的人

都无法从倒影中寻得自我

白堤和苏堤是传送带

有人原地踱步，有人轻松迈入下一站

西湖北岸，抱朴道院隐匿于葛岭

在喧闹的人间，偷得半日清闲

有一位快递小哥是道院的常客

包裹抵门票，修行的人闻到烟火的味道

快递小哥不寻仙也不求签

一根扁担把货物送上山

在互联网重镇杭州，这不是虚拟演练

扁担是连接过往与未来的那根线

时间，从来都是以最简单的方式

提醒着世人，我仿佛能从他

作为挑山工的背影中，看到千百年前
古人一趟趟往山顶挑着祭祀品
祈求上苍保佑山河无恙风调雨顺

恒久如一的是对美好生活的向往
劳动是唯一的通票，也是对这烟火人间
对朴拙的表达，于快递小哥而言
扁担的一头挑着生活，一头挑着自由
他偶尔也神游四方，道士签收时
他也总想问一声，是否都已放下

2020 年 2 月 22 日

找北

通往北极村的路上，尚明远从不需要

导航，满车快件是最好的指北针

从哈尔滨出发，啤酒哈着白气说，向北

途径加格达奇分拣，狗粮汪汪叫着，向北

在漠河极星配送站，小说已至结尾

两天两夜后读到两个字，向北

车窗外的茫茫森林、皑皑白雪和无际原野

那些走过又迅速被掩埋的脚印

都令人敬畏。再过两小时，尚明远

就可以穿过这片寂静之地，抵达北极村

当他拨通电话，仿佛撩拨静静流淌的黑龙江

耀眼的红色，成为北纬五十三度的焦点

伊格那思依诺村的眼睛，隔江相望

在他们的艳羡和祝福中，炊烟又袅袅升起

一条路，跑了三年后，尚明远还是会惶惑

他时常忘记此刻的抵达，是白天

还是黑夜，尤其是夏至

晚霞和朝晖同时在他的瞳孔中五彩斑斓

而对于收件地址，他永远一清二楚

哪怕只有一个电话，简单几个字

他也能顺利送达，因为上面的"最北"二字

是独一无二的存在，比如最北哨所

最北学校、最北观光塔、最北饭店、最北医院

也就有最北的坚守、最北的爱情

最北的欢笑、最北的幸福

最北的世世代代

当他眺望，所见之处，皆是祖国的南方

一条条弯曲的快递线正在跃动

连接着山河渐暖、人心向善

2021 年 7 月 30 日

英雄

他突然跌倒，砸在龙门架上

快件脱落，划破防护服

"山东快递员阿力"几个大字

被撕裂，像一把刀把阴阳两隔

阿力，三十五岁，送快递八年

第一次远离小镇博山

临走前，大儿子送他一幅奥特曼

欢呼着喊，爸爸是英雄

快递是子弹，打跑小怪兽

他把儿子的画贴在上海营业部的墙上

深夜迎他回站点，黎明送他去战斗

山东快递员阿力，巴枪已滚落车底

催促派件的声音，机械地响着

像毫无情感与力量的号角，无人冲刺

千里外的小女儿，在妈妈怀中

练习发音，爸爸、爸爸……

妻子拨打视频，而他终将无法接听

那一声天使般的"爸爸"也将在
女儿长大后，成为无法消弭的痛
而收件人不会知道，系统上显示的
快递员阿力是谁，谁又将继续
未完成的快件的投递

2022 年 5 月 9 日

等待的守岛人

在湄洲岛，石莆田是唯一的快递员

乘船出海，登岛配送，是他每天的工作

大多数快递员奔波在路上

他绝大多数时间却在等待

排队等待出港，排队等待上岸

当他带着百余件货物站在岛上

他就是灯塔，跨越山河的包裹召唤出海的人回家

海风湿润，浪花拍打着浪花，订单催促着订单

归来的渔船，有他凝望的眼睛

四目相对时，沙粒正打过彼此的脸颊

鱼腥味打在快件上，各自带来远方的消息

如果有人在天黑前还未签收

他会原地等待，在海风的呼啸中寻找汽笛声

快件，早已成为他与岛民的约定

这小小的灯塔，照耀着茫茫海面

他等待着送达每一个快件，就等于

每一个出海奔命的人都已平安归来

2022 年 5 月 21 日

每个人的赛场

——兼致快递员栾玉帅

心中蕴藏热情的火，春日的阳光
打在脸上，难免羞涩
微笑，是他没有盖戳的面单
只要他跑起来，快件就会跑起来
脚下生起的风，与长街踢踏着城市的交响

他把快件拿在手中、抱在怀里
扛在肩头，也绑在小腿肚子上
只要他跑起来，快件就有了新的生命
一起奔赴前方，于光阴中寸寸生长
是的，心有热爱的人，从不觉负重前行

每个人都有自己的赛场，生活或事业
不是一道关乎是非的选择题
我们必须向前，奔跑是他唯一的答案
林立的写字楼是属于他的沙袋

他争分夺秒练习耐力，签收是他的临场休息

他从街巷跑进马拉松赛场，高高举起冬奥的火炬
东北的沃野给予他始终向上的力量
非职业选手冠军，见证他成为跑得最快的快递员
马拉松可以用长度衡量，每一个快件
也有自己的体积，而传递的情意却似汪洋无际

每个人的赛场，每个人都在用不同的方式演绎
有的人终其一生抵达，有的人半途停下
有的人走着走着就不见踪影，像不翼而飞的快件
——赛场，亦是一面镜子，镜子里的
我们，便是这个世界里的我们

2022 年 2 月 23 日

运动排行榜

在马驹桥最偏远的旧小区

老王是唯一的快递员

我清楚地知道，以步伐为单位

他每天要走多少公里

送一个快件，约226步，日均190件

我们成为好友的头半年

他是我微信运动排行榜上唯一的王

有一天，他跌出了前十、而后是前五十……

排行榜上不断有新人夺冠

我却失去关注的兴趣

直到某天加班后回家的深夜

我听到老王在电话中对妻子说——

你们放心吧，我已经是站长

不用再亲自送快递了……

那一天，老王刚好五十岁

排行榜上他已迈出天命之年的第一步

夜风冷冷地吹着，这个孤绝的王

仿佛知道，妻子已懂得他善意的谎言

而我也明白，新一天的排行榜上

他依然不会是冠军

2022 年 2 月 28 日

那日真好

那日真好，雨水没有淋湿快件
没有一位用户投诉
总部也就没有理由罚款
这胜过所有赞美和满大街的口号

那个小区真好，没有假山和湖泊
路都是直的，智能快件箱还有十个空格口
今天可以多送二十单
效率就是金钱，多么简单的道理

那个夜晚真好，繁星满天
装进我的眼睛，银河欲投入我的怀抱
整个宇宙都在我的心中
每天送他们几百个快件又何妨

2021 年 9 月 9 日

故乡的月

快递小哥是他的新称呼，他还曾
被人喊过小泉、锅炉陈和搬运工七号
与机器和地下室搏斗的五年
没有任何胜利可言
留在城市的，除了两根断指
就剩下当初如战书般的火车票和一腔热血

是来自远方的包裹唤醒他新的向往
与山谷的风并肩奔跑点燃他的斗志
他抱着快件一次次敲开那些熟悉的院门
也敲开一些记忆中的盲区
老街巷是他的分拣线，店铺是格口
他一声招呼，快件就码得整整齐齐
张家媳妇的口红、李家儿子的课外书
老王的 5G 手机和新皮鞋……
妥投的速度一天快过一天

他时常有种感觉，自己就是一件包裹
寄件地址和收件地址是同一个
经过生活的包装、转运和分拣后
终被名为命运的快递员完成最后的配送

那棵老唐枣树就是站在村口的签收人
鸟儿的巢已经换了几千茬
有的飞走了，就再也没有回来
有的始终没有离开，衔着枯枝守望
只有故乡的月亮天天升起
照着这一个乡亲，也照着那一个游子
以此呼唤，又不偏不倚

2020 年 6 月 26 日

热爱

大地平坦的腹部，像一块毡布

平铺于群山之中，几百户人家

如一堆包裹，被投递于此

而后，赐予姓氏

我就是于此长大成人的孩子

每天行走在山野，用一个个快件

诉说对乡亲、丛林、鸟兽的情意

我从不用开口，叮叮当当的车轮声

在风霜雨雪中，有不同的表达

我从不用敲门，他们自午后

望着我来的方向，如我放学归来

他们也从不担心配送错误

我的名址已成为他们物流信息上

唯一的名址，而他们住在哪里

他们的习惯和脾气，早已刻进我的骨子

我们身体中，流淌着这片土地滋养的

血脉，我用新时代的方式坚守

就是对先祖信仰最好的传承

2022 年 2 月 28 日

任何一个家

他用脚步丈量街巷，快件作为刻度

精确标注心中的千家万户

他熟知每一个收件人的作息

甚至是喜怒、拆包裹时的表情、姿势

撕开一层纸需要几分力气

他把空调扛上顶楼的阳台

满足一家三口俯视炎热的愿望

他负重攀登，汗水从低处往高处流淌

当他站在顶峰，触摸星辰

却又想回到尘埃，甚至回到密封的

包裹里，像一粒种子从瓜秧

退回瓜瓤，而后退回土里

他期待自己被另一双手送到家门口

任何一个家门口，只要里面

有热气腾腾的饭菜、有一双温柔的眼睛

轻轻打开房门，孩子的笑声

就把夜色吹得远一些浅一些

2019 年 7 月 24 日

一个人的高原

青海向西，茫崖如天空之城

绽放在戈壁与风沙中

花子沟站向前，将快递的触角

延伸至油田、羊群和青稞酒杯

治沙的英雄哟，我愿一直陪伴你

你逼退沙尘一米，我配送的脚步

就前进十米，我看见蜿蜒的河流

在更远的上游，一定有人等我去敲门

这是我一个人的高原快递站

一个人揽收、一个人分拣、一个人投递

一个人喊出几万个人的名字

几千个地址把一个人的快递站

拓展成方圆几十公里

一个人打烊，一个人仰望星空

那颗眨得最频繁的星星

是不是也流浪于苍穹

那么多人从中原来到高原，追逐

光和热的源泉，那么多人

从海洋来到海子，让现代化的血液

流淌进祖国的每一寸土地

这不仅是我一个人的高原，这是

一群人的高原，一代人、代代人的高原

我们的青春在最高的工作台上跳跃

始终燃烧着，点亮不息的灯盏

我仿佛看到，快递网络正在加速铺展

像一双双手紧紧相牵、并肩前行

一个更加信息化、便捷化、智能化的中国

正在被这一双双手高高举起

2020 年 3 月 3 日

轨迹

一个不回家的人，不停

拨打电话，敲开无数个房门

递上一份欢喜，在别人的团圆中

微笑，转身抱紧下一个包裹

在白天，他们是小蜜蜂

把独放的花朵编织成世界的春天

在夜晚，他们便是萤火虫

用点点星光把城市照亮

如果把他们运动的轨迹逐渐放大

你就会看到一条条微笑的曲线

在祖国的版图上跳跃，从这一点

到那一点，无数个齿轮牙咬着牙旋转

无数个快递员，脚撵着脚奔跑

这是新时代最具活力的场景

如果从未来的某一天往回看

那些仍在流汗的轨迹中

有数不尽的追梦的背影

2019 年 7 月 30 日

百岛女站长

每个快件都是一座岛屿，岛屿是
鸟儿背着一座山，是停留在大海的快件
洋流是大海的快递员
她是 103 个岛屿和 259 座岛礁的
快递员，守护十万渔民的人间烟火

东海的风吹过大竹山、仙叠岩
吹过洞头站几千件包裹，吹过她
快过巴枪的手掌和精准超导航的眼睛
吹到正在大海上忙碌的渔民时
他们不时自问或互答一声——
咱家的快递早就到了吧

竹节虾最兴奋，把无线信号填满
大小黄鱼你追我赶跳上船
按下确认键，一份新的期待
随着收网的欢笑在大海上荡开

浪花肆意绽放，追逐着
像是给海天交汇处送货的快递员

她是其中最耀眼的一朵
女性的温情和快递的速度相媲美
她驾驶的货车像一面鲜红的旗帜
火一般燃烧着，回应岛民的热情
她脚下生风，海浪还在拍打着渔船
快件早已在家门口等候收件人的笑脸

每打开一件，就是打开一个新的世界
快递将无数个新世界连接在一起
每个岛屿都是大陆的一部分
每个包裹都有地址可投递，就像
每个孩子哭红的眼睛都有春风可吹拂

2020 年 2 月 29 日

播种者

在新街口街道，快递员老马
被誉为行业的良心，四年间
十几万次收派，没有一个差评
锦旗像极了他插在田间的稻草人

坏情绪与懈怠是啄食热情的麻雀
他时常挥动旗子驱赶阴霾为自己鼓劲
这是他种了几十年庄稼的经验
他把每一个快件都当作一株幼苗
小心呵护，移植在每一个收件人手中

不同小区的居民性格和习惯也不同
他就当作播种不同的庄稼，比如
德胜门小区种的是麦子，憨厚耿直
平安大街和赵登禹路分别是高粱和大豆
有谦谦君子，也有嘎嘣脆或小心眼

路过鲁迅博物馆时，他总会盘算

如果自己当管家，要如何划分百草园

偶尔也有广济寺的包裹

他每次临走前都会上几炷香

为每一个奔命于世间的平凡人

为城市的快件和村里的庄稼祈福

2019 年 7 月 28 日

单翅飞翔

意外失去左臂后，他无数次
用泪水梳理名字中的羽毛
像一只断翅的候鸟落在返程的孤舟上
飞不上天空，回不得故乡
亲人呼喊自己时，一个"翀"字
令人陌生、恍惚又怀疑

命运的恶作剧是一个无法拒收的
包裹，微笑打开抑或绝望撕扯
每个人都拥有选择的主动权
当他穿上盔甲，扛起快件
就已选择接受并创造更美好的生活

没有左手，就把右手的全部热情
给予每一次问候和相拥
包裹太重，就用脸颊和下巴支撑
用汗水洗过的脸胜过所有美颜

用老茧磨过的骨头会无比坚硬

一个个快件像一片片羽毛
在不停奔跑与搬运中幻化成左翅
每一个令人惊喜的生长
都通过快递网络飞到全球各地
——那是任凭他翱翔的广阔天空

2019 年 4 月 14 日

爱读书的快递员

街灯下,《平凡的世界》摊开

在纸箱上，他半蹲着

一边读书，顺道扒拉几口饭

这是他一天中最愉悦的时光

身体静止，灵魂便在纸上跑起来

自由的、开阔的、明亮的旅程

蚊虫在光下飞舞，被放大的巨兽

和生活的暗影，投射在书页上

他捡起错漏的米粒，放进嘴里

又不紧不慢，轻轻翻过

2022 年 6 月 10 日

老二

入行的头三年，老二

当过两个片区的快递员

东城区租房的白领喜欢买五斤装的大米

细腰之下，偶尔飘出东北的稻香

西城区的大爷习惯下单北京二锅头

如果是最后一件，总会给老二倒一碗

他不善拒绝，三十六度的酒太淡

抵不上东河西营的井水烈

小时候的老二，七岁之前

每天只热衷于做两件事儿——

上午，把砖块从北墙搬到南墙

下午，把块砖从南墙搬到北墙

那是 1997 年，中国快递业刚刚起步

赤脚的老二已带领十余个小伙伴

把收运转派的流程操练了千百遍

看到站点的兄弟略显疲倦时

老二总会借此开玩笑，说——

民营快递业发源于黄河流域

而非富春江畔

被河泥烧成的砖，方方正正

尤其是三公斤以内的标准件

在老二的手中早已具备完美的雏形

大家哄得一笑，送他几下"嘘"声

劳累也就随返仓的传站车走远

老二也有自己悲伤的事儿

下班后，他喜欢坐在马路牙子边

回想离开东河西营的这些年

令他痛到魂魄里的无非两件——

花儿凋零于春天，雨水溺死于眼泪

站长说老二像一个诗人

脏兮兮的快递都被他送出感慨和诗情画意

站长这么说过几次，老二有时

也觉得自己像一个诗人，更接地气的诗人

抱着快件四处奔跑，把诗意送进千家万户

他越想越觉得有意思——

双脚如笔，快件是汉字

没读过大学的自己竟成了文化的传播者

老二对自己的要求高了起来

每周只喝一次酒，其余时间用来读书

半年后，老二当上了站长

带领十几名快递员兄弟每天只做三件事

上午，把到站的快件送到收件人手中

下午，把快件从寄件人手中运回站点

晚上，分享十分钟故事读二十页史书

站点越做越大，三个合并成一个

架起高速分拣设备，取名智配中心

老二透过办公室的窗子俯瞰

快件正有序奔跑着，始终如一

速度与距离都排布得恰到好处

像格律诗，平仄仄平，不差分毫

只是没有一条滑道直接流向东河西营

老二抚摸着停下来的分拣线

想象遥远的河流中，戏水的孩子

正喊出他的姓名，互相演绎他的传奇

老二终究是回不去了，回去的

只有他亲手封装的包裹，并写上

地址：故乡，唐枣树的第三根枝丫

2022 年 3 月 9 日

八月的最后一个夜晚

八月的最后一个夜晚，王志国

瘫坐在临近站点的街边，空瘪着肚子

像一个被人拆完后随意丢弃的包裹

手中的烟，不断含在嘴唇，又夹上耳朵

天上的火已失去点燃大地的冲动

他盯着不远处的商品房，明天将要封顶

"封顶大吉"，他默默祝福着

突然想起东河西营的老房子，今夏雨水多

老母亲还一人住在里面，年轻时

落下的腰椎病，连阴天就已疼痛难忍

若是雨滴穿过屋顶砸在老母亲身上

他的天还不得被砸出窟窿……

他不敢再想下去，在八月的最后一个夜晚

他没有休息一天，31 天，434 个小时

5890 个快件，银行卡显示到账 9760 元

房租 900 元、饮食 700 元，剩 8160 元

昨天中午，他还花 160 块钱请合租的兄弟

吃了顿饭，他们在一起送了三年快递

那个兄弟说他坚持不住了，要回老家

他没有劝他留下，在他背包里悄悄塞了 1000 块钱

最后的 7000 块，在八月的最后一个夜晚

轻盈又沉重起来：大儿子明天要到城里上初中

妻子的工作还未解决，岳父中秋节生日

老两口虽然从没说过什么，可他心里都清楚……

他抱着脑袋，听到肚子在打鼓

站长说，从九月一日开始，总部要涨一毛钱派费

每天可以多挣 15 块钱

对面的三十一层高楼，明年春天的夜晚

将是万家灯火，他心想，天亮要跟站长主动申请

负责此小区的揽派，新的产粮区，他有的是力气

想到这里，他站起来，摸着满腿被蚊子

叮起的包，像抚摸不足三公斤重的快件

少数人的疼，挠挠就好了，绝大多数人的疼

尤其是中年男人，他们藏在心里

用肩扛着、用手拽着，踉踉跄跄奔向前方

2021 年 8 月 31 日

奔跑者之歌

亲爱的快递员，当我写下你们的名字
我手中的笔变成来自天边的马匹
奔跑起来，墨滴变成横平竖直的快件
在生养我们的大地上洋洋洒洒地书写着
把奋斗者的梦想和平凡人的向往写进包裹
让新时代和每一个明天签收

当阳光借助风的力量，把快件打开
生活的期待与美好便涌现出来
这是你我之间的承诺——每一个
清晨，都要从你把快件交到我手上开始
哦，亲爱的快递员——
我要以青春或追梦的名义与你们一起奔跑

你们奔跑在街巷，点燃城市的热情
以时刻前进的姿势按下新经济的加速键
平衡着商品流通的速度与传递的温度

你们奔跑在乡村，不断磨合对立、填补沟壑

让每一份守望都不再遥远，每一个漂泊

都有线可牵，每一次遇见都期待下一次遇见

你们奔跑在山谷、河畔，奔跑在冰川、草原

你们奔跑在珠穆朗玛峰下

你们的高度就是中国快递的高度

你们奔跑在永兴岛，把快递的旗帜插在南海

你们奔跑在祖国的边陲，奔跑在异国他乡

——你们奔跑在每一个人民需要快递服务的地方

也许，你们一个人就是一座山、一个岛

一片湖，或是十几个只有老人和小孩的村庄

你们用星罗棋布的站点和五湖四海的包裹

把每一个人串联进新时代的网络

把每一个人装进写给未来的书信

我可以从中读出一个个精彩绝伦的故事

我看到每一个包裹中都有一个中国

是的，这正是我们的流动中国

这正是我们的奔跑的腾飞的时代——

你们从虎符、驿站和孔子的大梦中走来

也从骆马湖、容奇港的百年风雨中走来

你们从信件、邮包和绿色的自行车走来

也从歌舞乡、富春江的多娇青山中走来

我听得见你们呼啸的奔跑声，那声响
是飞机穿越云端，把海洋洲际紧紧相连
是果蔬坐上高铁，枝头的露水打湿城市的桌角
是货车行驶在大路朝天、三轮车穿梭在街巷陌阡
打包美食、礼物甚至生活中的点点滴滴
在一次次运输和中转后把喜悦和祝福投递

谢谢你们，我最亲爱的快递小哥
你们已成为我们生活中的一部分
尤其是那个春天，我像渴望自由呼吸一样
渴望你们能再快一点，把生命的补给送到我身边
我知道，你们也会疲倦、恐惧甚至哭泣
你们也会怀疑这样的付出到底值不值

你们选择了继续并加速奔跑
让人间烟火气在下单和签收后一次次升起
你们参与着每个人的生活
柴米油盐、果蔬鱼肉、课本试卷……
就连那个走丢的小女孩，也是你们
把她送回了家，整座城市都信任和感激你们

谢谢你们，我最亲爱的快递小哥

从你们的背影中，我看到我们每一个人
都是今天寄往明天的包裹
每一次抵达都是新的出发
分拣中心的流水线不曾停歇
太阳在升起，我的祖国正在万丈光芒中
被数以亿计的快件簇拥着、欢呼着……

2020 年 7 月 2 日

第二辑

分拣线

亚洲一号 [1]

河涌如麻，亚洲一号端坐两岸

像一艘停靠于此的大船，无数只小舟

从甲板出发，把快件送抵万户千家

月亮升起，照着古梅乡、伶仃洋

把海上丝绸之路照得格外亮

历史的大道，在新时代人民的

创造和建设中铺展得愈加辽阔

亚洲一号高耸，云朵总低垂亲吻

堆垛机总想与候鸟打招呼

白鸽飞走了大湾区的两个黄昏

依旧在亚洲一号内陪着地狼奔跑

一件件商品最会享福，它们都是

这里的王子或公主，从入库到出库

数字加持的旅程，每一步都精准无误

---

[1]亚洲一号是京东物流立志将自动化运营中心打造成亚洲范围内B2C行业建筑规模最大、自动化程度最高的现代化运营中心的一个项目名称。

物联网、区块链、云计算，一个快件
每加速一分钟，行业就前进一大步
快件背后日夜奋战的人们就欢欣鼓舞
不善言辞的中国快递人，快件就是
一个个汉字、一次次问候——
送达两次是词语、十次是一句话
百次是一篇文，一千次、一万次……
是对每一个平凡生活最好的守护与注脚

亚洲一号也不说话，密织着物流的大网
扎根每一个关键枢纽，每一个家园
都在其中，享受收货的喜悦
自动分拣线不停传递着，每转一圈
就是一个粤港澳大桥的长度
当你从更远的地方遥望这蔚蓝色的星球
亚洲一号就是那最耀眼的灯盏
快件眨巴着眼睛，飞往千家万户

2020 年 4 月 6 日

博物馆搬运记

从一座场馆到另一座场馆
从东到西横跨着几千年
没有人想到跑腿送件的快递员
成为历史的搬运工。因此
测量要精确到毫厘，过往不允许填充
稍不留神，未来的镜子就会打碎

拍照、挖槽、包装、固定、运输
布展、还原……时空在位移
这一次传递，跑得越慢越好
脚步不能误入王侯的宅院
汗水不能流入汉唐的麦田

带走一件瓷器，也要带走
那个淬火的黄昏和碗口喊疼的风
我时常在梦中回到陶瓷、瓦片
回到泥土和火中，盛世在匠人的手中

打磨，三转两转就睁开了眼

一定要轻轻折叠每一幅画
不要惊扰熟睡的美人和低垂的叹息
那把生锈的剑哟，更要握紧
老将军正在排兵布阵，等待号令

最易安放的该是这万家灯火吧
收快递成为新开门的七件事之一
对美好生活的追求与守护
是人类最朴素的情感
小小的快件是恰好的表达

只是那一把游子的乡愁呢
在偌大的场馆中依然无人签收
快递小哥看着窗外的世界和遥远的村庄
抱紧怀中没有姓名的快件
像抱紧一座年久失修的庙宇

2019 年 9 月 9 日初稿、10 月 13 日修改

车过桐庐

列车驶过桐庐时，我要向未来
寄一份快递，注明一些闪光的名字
他们坚守农民的勤恳，用小小的快件
把通达世界的梦想变成现实

富春江水浸润着中国民营快递之乡
歌舞、凤联、夏塘、子胥、天井岭
是命运的发件地，他们从此出发
像分散于四方的快件，打开自己
也打开每一个人沟通生活的新方式

桐庐的潇洒，就这样装满每一个包裹
续写着"国野之道，十里有庐"的故事
从夫妻店到上市公司，从自行车
到高铁飞机，从东躲西藏到日夜奔忙
从桐庐走出的快递，用奔跑的双脚
讲述着只属于中国的改革开放奋斗史

我知道，奔跑仍在进行且永不停止
时光寄给未来的快递正紧握在共和国的手中
复兴号、大飞机、红旗渠、港珠澳大桥……
我们要用所有世界瞩目的交通方式
传递历史一份灿烂，传递后人一份惊喜

2019 年 2 月 19 日

分拣女工

月亮升起于夜空，照耀着分拣场地
——这郊野的中心，在城市的睡眠中
忙碌如春耕。她站在操作台前
是众多女工中毫不起眼的一朵
扫描、转身、投篮筐，回位、扫描……
无数次重复同样的动作，已是第九年

她时常产生错觉：自己像一名舞者
千万个快件奔跑着来看她的演出
每一次俯身都是与观众互动
这样想时，她就会回到双腿直立的青春
那时的她是一名真正的舞者，是东河西营
最美的蝴蝶，时常落在一枚
绿色的邮包上，跳着倾诉爱情的舞蹈

砰——每一次都被同样的声响惊醒
一切都变成了至今没有寄出的信

她偶尔也会痛恨生活，快件
像一只只蚂蚁，挠着她的心
但当她看到那些不同的家庭地址
不同封装的包裹，她就平静下来

有女儿给父母寄的异乡风光
有妻子给丈夫编织的家庭温暖
有妈妈给新生儿购买的成长喜悦
她的三个身份就会逐一回到灵魂
生活的踏实赶走往日的悲伤
流水线上的快件依次赶来为她鼓掌
——这人生旅途中最美的舞者

2019 年 2 月 28 日

化妆品仓的爱情

六环外的北京，朝霞是她
脸上的第一抹腮红，初夏油桃般
藏匿着火焰，满目清水

换工装、存衣物、刷脸打卡……
她总是第一个到达存储架前
为千百青春永驻的梦，挑选万计的商品
她走到 A 货架前时
他已握紧拣货车，仿佛在等待她一声令下
这八千平方米的疆场，爱情开始驰骋

他拼命奔跑，盼望与她拣选同一件商品
他会故意装傻，向她请教早晚面膜的区别
她也偶尔娇嗔，抱怨自己
没有抢到新上的口红单品
他们的忙碌，始终伴随初恋的甜蜜

当他们都不愿加速时，大数据如爱神

让复核筐在两个字母间不断穿梭

他们每一次抬头或擦肩

彼此眼中都有一个最美的自己

哦，爱情——你这人世间最佳的护肤品

从 A 到 Z，他俩在二十六个字母中

相遇又分离，L、O、V、E

四排货架的直线距离约九百米

如果每天早到一小时、中午不休息

他们每天可以在四个字母处相遇十二次

八万六千步，他俩写下三次"LOVE"

爱，在青年是激情，如最艳的口红般炽热

中年归于平淡，似乳液清爽

相守则是晚年彼此依靠，岁月雕琢容颜

化妆品仓里的青春，货架上存储片刻

用一生涂抹，等晚霞在天边盛放

2021 年 7 月 26 日

图书配送守则

哦，亲爱的快递小哥
这不是一份简单的包裹
在与时间赛跑时，你一定能听到
奋笔疾书的声音，那些文字赢得了岁月
图书是上苍留给人间最珍贵的礼物

打包小学生课本和读物时
不能扎得太紧，要给梦想足够的空间
要呵护一双可以与万物对话的眼睛
要让青草、瓜果和麦子的香味飘进来
流经东河西营的小河便有迎接大海的勇气
麻雀叫着叫着，就在远方变成了凤凰

分拣青春时，要格外小心
林黛玉还在哭泣，维特的失眠在继续
新的爱恋、流浪和憧憬正在发生
任意翻开一页都是崭新的面孔

磕碰甚至流血在所难免，请务必记住
粘贴面单前，抚平那折了的页码

更多的故事将会发生在运输途中
路程短暂而又漫长，要学会宽容和聆听
比如一对夫妻无端争吵的小说
比如新茶、旧米烧了一下午的散文
还有一些愤怒的见证，那就愤怒好了
只要长途的颠簸和短暂的失联
不会改变手中的方向盘

投递一本回忆录时，要轻轻叩响门扉
那是一个人的一生，一群人、一代人的一生
你帮他叫救护车的事儿，就记录在
这本书里，老人总想对你说声感谢
每次刚说出口，你已转身走远
望着你的背影，像望着年轻时的自己

哦，亲爱的快递员
我相信你一定会妥投每一件包裹
每一个汉字都是时光的见证者
有的记录着过去，有的预示着未来
你就是其中的连接点，奔跑在时间的缝隙中
把平凡人的生活织成绚烂的网络

2020 年 3 月 12 日

前置仓 [1]

近一点，距离市民的餐桌
再近一点，最好是饿意苏醒时
美食的密码已变身为物流单号
你起身开窗，快递员正挥手致意

前置仓，数字世界中的模型
成为家庭生活的新方式
这迷你的仓储，端坐于社区
人人手捧一座天下粮仓

种子距此，一个冬季一场瑞雪兆丰年
花朵距此，一次邂逅半生颠沛流离
泥土距此，一根长线剪不断的根系
——这是时间的距离

---

[1]前置仓指区别于传统仓库远离最终消费人群的模式，在社区附近建立的小型仓库，是生鲜电商平台的运营模式之一。

如果以快件为单位

一分钟约等于二十五万件

而前置仓到你的距离

就是一次下单、一次投递

当你在深夜眺望这座城市

余光处，你会发现，前置仓远低于高楼

躬身搬货的快递员略低于包裹

而正是这一方小小天地

承载着万家灯火

2022 年 5 月 8 日

分拣线

一条万米长的分拣线

如巨龙，盘卧在分拣中心

几百条滑道，滑道下的几百个格口

每一个格口都对应着唯一的路由

不用等到提示灯亮起

他靠鼻子就能判断出将要灌满的集包袋

哪一条是中关村，哪一条是趵突泉

他时常想象：如果分拣中心足够大

分拣线足够长，每一座城市、乡村

都有滑道相连，每个人都有唯一的

地址码相牵，他亲手打上封签的中转袋

到达站点，被快递员轻轻解开

像摘掉期盼一路的眼罩，天地开阔

那些快件是他的眼睛，远望壮美山河

那些快件是他的双臂，近拥淳朴亲人

2021 年 7 月 29 日

西行漫记

沿着一条快递线路出发，用轮胎

触摸祖国的脉搏，丈量山河

从海浪奔涌到大漠孤烟

古丝绸之路被装进包裹

可视化轨迹中，每个人都在远行

追逐梦想的旅程，不止

三千九百九十五公里

两个卡车司机渐弯的脊背

撑起贯通东西的快递大动脉

雍凉之地在新工业时代，正变得年轻

一日四季，时间加速流转

一条干线路上，揽收、分拣、运输、投递

无数个包裹编织着无数种生活

而自出发，两个沉默的男人

始终在和风细雨或黄沙漫卷中紧握方向盘

"西出阳关无故人",他们送来的
都是新朋友,于乌市分拣拥抱告别
三日友谊,却是一个快件生命中
最漫长的相聚,褪去包装前
它们有共同的名字,并成为彼此的故人

他们抖落满身星光,返程途中
两万多包裹将在高原、盆地、沙漠、草原
或羊群、果园、棉田中遥望相送
两个凯旋的父亲,偶尔谈起过往和家庭
像那些融入祖国腹地的快件
偶尔想起海风、夜市和工厂里的红男绿女

2022 年 6 月 12 日

守护封控区

后来，再次谈起守护封控区的日子

你刻意忽略其中的艰难

包裹在栅栏外，头顶星星，堆积成山

黎明至黄昏清理，件件传递

每天移走一座，春风起起伏伏

终吹得城市坦荡，人车自由流淌

你记住的只有寻常百姓的温暖

被褥、睡袋，天亮的第一口包子、蒸饺

不记名的外卖和实名的锦旗

挂在你的临时阵地，他们被你支援

他们更是后盾，一往无前的力量

玉兰花落在快件上，你仿佛看见山野烂漫

彼时，你忍不住想哭，正盛的时节

独自绽放，又独自凋零，多么不公平

你抬头，遥望迢迢星河，又躬身摆放快件

换算人间疾苦。大地上，萤火微茫

每个人都闪着光，每一刻都应充满希望

2022 年 6 月 7 日

站点

快递站点，多数躲在城市的角落

楼房高耸、人群拥挤，它渺小

有人注意它时，它就跳出手机里的物流轨迹

成为收件人口中的一句：瞧，它在那里

站点，没有被主城区的地图标记

可以任意涂改，也能按要求迁移

作为快递网络的神经末梢，它的血量不足

应该是心脏和外力并存的问题

有人关心它时，它就成为社区的一份子

十几或几十个异乡的年轻人靠它立足脚跟

又凭借勤恳和善意融入城市

他们日夜奔忙，搬运着新时代的丰衣足食

因此在我的眼中，站点就是整个宇宙

我们的人生，我们经历或不曾经历的都在其中

快递小哥们的辛劳和付出是恒星

靠他们养活的妻儿和家庭是行星

偶尔的懈怠、不满甚至怨念是流星

而已习惯他们的万家灯火便是这茫茫苍穹

2022 年 2 月 26 日

丰收的季节

顺义杨镇仓，端坐在几十个

蔬菜大棚的中央

仿佛里面名叫快件的瓜果

永远无法采摘尽

最宽的柏油路，也最长

像杨镇仓吐出的舌头，呼朋唤友

像杨镇仓伸出的臂膀，远远迎接着

杨志广是仓管，丰收季首日

如果他的仓出货超过一百万单

他将成为这片物流园区的王

那个总是压他一头的发小

将彻底成为手下败将

他就可以跟村里人说

"那一夜，我也曾拥有百万雄兵"

他嘶吼着，声音沙哑

如战场风沙狂卷，刀锋对抗刀锋

他挥舞着声带，大旗在口中飘扬

拣货再快一点、奔跑再快一点

扫码再快一点、封装再快一点

传送带再快一点、集包再快一点……

大棚里的蔬果啊，太阳已越过山头

成熟得再快一点！

指挥室里，杨志广已二十三个小时

未合眼，血丝如折线

随出仓的数据，在显示屏上跃升

九十九点五万、九十九点六万

九十九点七万……九十九点九万时

他双目瞪圆，像两颗星球

见证一个人的宇宙之变：

一百万！二十三时五十六分

他缓缓退步，坐回椅子，地球重归轨道

2021 年 11 月 18 日

一枚迅捷的子弹

一枚枚迅捷的子弹

穿过城市的风、车流和人潮

它们射击的速度多么快！

直到第一百九十九颗自胸膛发出

被繁星阻击

天上的光多么轻盈

这枚子弹多么沉重

——弹壳内灌满了一个快递员

前半生所有的奔劳与痛楚

2022 年 3 月 7 日

安全密码

面单朝上，我们主动亮出身份证明
与传送带同频前进，我们
认真通过每一次安检。为了一份期待
我曾与风赛跑，沙粒打在脸上
像按下加速键，我要把时间甩在身后

我甚至没有照过镜子，快递员
也从未描述我的侧颜，穿过机器时
我第一次从同伴的眼中看到三维的自己
当我被一次次切片，原子不安地跳动
我才为赋予我生命的寄件人充满感激
我庆幸自己的体内没有枪支、毒品、炸药
也就没有人人喊打的惊慌和整个中国的无眠

所谓安全，就是对人本身的尊重
对于健康，我们和人类拥有相同的权利
只是身体的密码，我们可以被轻易破解

心里的秘密，彼此还没有读懂

但当你把我捧在手中，轻轻打开

你写在脸上的喜悦拥有三颗心的幸福

2018 年 7 月 5 日

雪花落满麦子屯

雪花还未飘落，嚙在小孩子

熟睡的梦中，父亲还在忙碌

不停为货物插上名叫快递的翅膀

此刻的沈阳"亚洲一号"灯火通明

像一座巨大的孵化中心

无数只包裹将从此飞往千家万户

货车随着刚露头的朝阳驶出基地大门

一声汽笛喊醒崭新的一天，小孩子

一声喷嚏，大雪便纷纷扬落下来

雪花落在没有麦子的麦子屯

把钢筋、碎石捂热，捂出这个时代的

温情，轻轻抚慰蒙尘的农耕岁月

熟练筛簸箕的张阿姨成了小件分拣员

把手扶拖拉机开成一阵风的村主任

开上了地牛，吆喝着，仿佛率领千军万马

一见生人就脸红的小媳妇当上了客服

在电话的另一端操着流利的东北普通话

投诉者的怒火便在笑声中烟消云散

飘向天空，又随雪花一起落下

雪花落满麦子屯，拴马桩指引着

飘落的方向，落满彼此成全的

"亚洲一号"和麦子屯，落满古钟亭

落在时间中，在一代代人的心中化开

流动的中国，正在奋斗者的手中澎湃

2020 年 2 月 25 日

仓储叉车王

半空中，数吨重的货物

如一件小小包裹，被托起

不差分毫，转身

圆舞曲，恰好的节奏

落在托盘上，像一片羽毛

它着地的声响有多么轻

他手中的钢铁就有多么重

2022 年 6 月 8 日

无人之歌

纵横交错的分拣线像极了高架路

把无人仓串联成一座未来城市

快件是自动驾驶的汽车，条形码

是身份证也是导航仪，是准确

进入每一个循环中转袋的前提

在这之前，它们还曾被打包机

赋予盔甲，感受过机械臂的拥抱

它们也曾面临过选择：

跳入 AGV 的两人世界

还是走上分拣线的既定旅程

我们的人生又何尝不是这样

走过无数条路后终要成为被时间

收回的包裹，这样想时

我们或许也是一份礼物，一生

不过是准备的过程，管他收件人是谁呢

这旅途中我们已收获了足够的惊喜

比如一枚快件，它曾随无人机飞翔

掠过河流山川，也嗅过异乡的炊烟

接受过小学课本的惊呼和牧马人的仰望

还曾乘坐无人车穿梭在大街小巷

与陌生又熟悉的笑脸确认过眼神

在网红的镜头中成为新的网红

当包裹结束全部旅程，被收件人打开

捧在手中，多像怀抱一个婴儿

多像我们刚来到这世界面对父母的喜悦

2019 年 1 月 24 日

鸡鸣塘

鸡鸣塘，是一条河
口渴的公鸡，天亮时扯出一声鸣唱
吴淞江水灌进来，塘，得以成河
流淌，便是最初的网

鸡鸣塘母婴仓，是城市的乳房
孩童的啼哭，穿过十八道弯只需转瞬
柔性物流日夜不息，入仓与出库
长三角在一次次投递中长大

塘是点，原点或偶然途径的点
分拣中心、末端网点
为下一站而存在的上一站
河是线，实线虚线、直线曲线、天际线
为一张网握手言和的生命线

连接山海，过去与未来

鸡鸣塘正傲立，物通其流是新的号角

点是线，线也是点，编织着区域一体化

生态圈，正在快递的延展中越画越大

2022 年 5 月 17 日

飞越白洋淀

无人机的翅膀用来飞翔
把快件带往几百米高的天空
也用来说话，从西堤码头
到村广场，一嗓子喊不到头

藏在草里的虫子奔向深水区
被惊醒的鲤鱼在低空划着弧线
形成一道安检门，检验包裹里的
问候是否真挚，乡愁是否浓烈

芦苇纷纷俯下身子
仿佛草编的分拣线
把疲倦和孤独扔进水里洗一把
直起身子，又是出走前的少年

当你看到一群孩子仰着头跑来
大声回应无人机的轰鸣时

你一定能从中看到多年前的自己

在追逐风中那面鲜红的旗帜

2020 年 2 月 15 日

夜传 [1]

你梦里的河流是我的分拣线

从上游到下游，我手中的包裹

穿过你几层梦境

支流如滑道，通往每一个街区

你沿此敲开期待已久的窗

互道晚安，又轻声别离

我扎紧口袋，像一把心意

在梦中缩成一团

我把它们抱上车厢，唤来星星护送

你的梦中，是否也可举头三尺，有神灵相佑

传站车把快件摆渡到站点

无所谓此岸与彼岸

你的河流将在天亮后化为乌有

我的分拣线日夜不息地运转

你永远不会知道，你的梦参与了

---

[1]夜传是指为进一步提高物流效率，在夜晚将分拣中心或接货仓里的快件运输至站点的过程。

一个快件的分拣、运输和投递前的所有过程

如同你不会记得在梦中许下的承诺

奔赴一场跨越山海的约

2022 年 5 月 9 日

新旧转换

大桥镇，电动车以旧换新的招牌

仍旧招揽顾客。我的快递车被诗行涂抹得

无法辨认，却没有一个词连接两句诗

此刻，山南的风吹起黄河北的尘土

静电在手掌摩擦，我不敢停留

我必须拽一根偏旁匆匆而过

一场大火就此缩进一枚沙粒

我揉搓双眼，看到大地开始燃烧

春雨在济北不是因为珍贵才如油

我站在雨中，天地开始发生联系

护城河的水开始有勇气松开明府城的手

鹊华通过一个新生儿的眼睛记起彼此

我体内的河流一次次向北涌动

当以旧换新被新旧转换替代

我必须攥紧即将跳出梦境的词语

在迎接自我转换时，新的我可以拥抱旧的我

2018 年 2 月 28 日

仓储牧狼人

亚洲一号是长满快件和商品的草原
几百只小狼在里面自由穿梭
货架高耸如森林，天狼在空中跳跃
地狼 [1] 在草地上奔跑，这些小东西
可真有力气，千斤重的货物轻而易举

牧狼的姑娘站在屏幕后，是战场上
唯一的指挥官，马尾辫像一根天线
把命令传得无限远，我甚至能从展开的
包裹中，看到马尾辫在摇曳
像北方的苇草与春天做着游戏

我多想做一只小狼，无数追求者中
笨拙的小狼，二维码是永恒的路标
我无法妄自转弯走进她的心中

---

[1]地狼是京东物流自主研发的一种典型的搬运式货到人拣选系统的名称，利用自动物流机器人将货架搬运至固定的工作站以供作业人员拣选。

风吹过时，我怕一下子吹跑我的小心思
每一个搬运的货物都被我当成送她的礼物

总会有一个陌生人把它打开，也许是
一个姑娘，也许她们同样笑靥如花
在人生的大草原上盛放，结果和凋零
其实啊，每个包裹都是一朵花儿
在仓内发芽、生长，无数次练习打招呼
经过长途跋涉和风雨洗礼
只为沉默着在你面前惊艳一现

2020 年 3 月 10 日

成长

从一个包裹诞生时开始，请允许我

把他当成孩子，请相信他会独立行走

并长出翅膀。世界正在下沉

他必须学会飞翔，像一只雄鹰

面对病毒入侵，不会说话的快件也可能

活跃起来。就怕他沉默，成为突如其来的一部分

面对侵略，我们都该是战士

迎上去，传递下去，快件也可以是子弹

仓储、分拣、干支传摆、末端网点、无接触配送

从下单到签收，每一场战役都要赢得漂亮

春天已经到来，那如期盛放的硕大的花朵

是大自然最美的微笑，在空中、在风雨中自由畅谈

2021 年 3 月 18 日

打包月光

漂泊十年后，他突然失眠
突然思念故乡的月光
洒在枣花上，风一吹
飘进小孩子不成句的梦呓中
一跳一跳成为还未编织好的省略号

关于未来，他逐渐失去想象
不知道遮天蔽日的高楼要把自己架往何方
距离天空越近，他愈失落
愈加思念从东河西营升起的月亮
像一只小花猫思念池塘里的鱼
一只麻雀思念散落土墙角的秕谷

他想到快递——这无处不在的
新情景，连接人和万物的新方式
他给老家的快递员打电话
希望快递故乡的月光

快递小哥爬上村中最高的屋顶
盛满今夜最温暖的光亮

当快递员准备封装纸箱
就只剩下空空的黑色
如果打开，月光又跑进去
像摊开的双手，却无法拥入怀抱
一声鸡鸣把月亮喊走后
快递小哥在露水中哭起来

这是他唯一没能完成的一次打包
他甚至不知道如何去测量
如何去称重，如何去估算价值
面单上名为远方的地址是否能送达

他们都不知道的是，作为故乡的寄件地
永远只有一个，始终敞着大门
像那个盛满月光的空纸箱
等待远行的人亲自把它关上

2020 年 6 月 23 日

循环

从一个自带编码的快件开始

纷纷跳进同一条分拣线

让一条集包袋成为无数条集包袋

一条路成为千万条路

于是，有人练习追踪术

有人练习重生术

有人在原地等待

相信神会从站点上空降临……

当我抬头，看见云朵正在下坠

云朵是天空的中转袋

雨、雪，月亮的阴晴圆缺

和一个快递员的欣喜或悲伤

被打包、配送，投入芸芸众生

直到最后一个快件被投递

把自己拖回出租屋里

集包袋又吹响号角

新的一天已被贴上面单

"束缚到处寻找自身的解脱"

干瘪在感受过风的自由后

渴望沉重填满身体，撕裂又挺拔

一切像是从未发生，一切正重新开始

2021 年 9 月 9 日

降解

消失，是最好的结果
一个快递包装袋在签收后完成全部使命
一路风尘，终是满身伤痕

有人练习缩骨术，有人痴迷易容术
终究困于求胜的魔咒
石子沉底后，我们也该遗忘波纹

包装打开后，秘密将在风中消散
松掉胸中撑了几千公里的气
回归大自然，钻研遁地术

2022 年 5 月 26 日

朗诵诗

作为仪式的表彰大会

是一年中最为盛大的日子

旧时的月从此隐去，崭新的光将升起

快递员们用双脚书写的诗篇

被我誊录在纸上，方方正正

像静止的快件，等待用朗诵的方式搬运

她是分拣女工，单独练习时

感情饱满、细腻，无丝毫差错

当摄像机打开，她却断断续续说不出口

习惯了沉默的她，只习惯了与流水线对话

他是配送员，朗诵时眼神中总充满怀疑

像极了五年前给第一位客户送件的样子

他一再核实读的是否准确

如同核实收件人的身份

当他们共同读出——

"谢谢你们，我最亲爱的快递员"

我看到他俩满脸羞涩

声音弱下来，逐渐被不远处卸货的声响掩盖

此刻，他们站在自己的影子里

却不敢相信一切赞美都是真的

2022 年 2 月 26 日

快件就在那里，它不说话

快件就在那里，它不说话
沉默着被标记、被追踪、被投放
或短暂消失于一段坏心情
它有眼睛，生长在六个方向
看得清世间纷扰，人情往来
也理解一个快递员三毛两毛的不易

天网、地网，终不过是生活的大网
从一点到另一点，沿途或有风景
多数时间来不及欣赏
快件就在那里，它没有翅膀
快递员也不会飞，从一春到另一春
千亿时代，每一步都灌满汗水

很多事物都不说话，比如石头
源自远古的山脉，心中却藏有佛
快件也不说话，它就在那里

直到被收件人打开，它才会张口
吐出老家味道，就是思乡的话
吐出新款玩具，就是宠爱的话
吐出柴米油盐，就是陪伴的话

它若开口，就一定不会藏着掖着
一肚子话全部抛出，像信笺在独白
风尘往事活起来，像春风漫卷
花朵大口大口开着，从不思考凋零
天地人世被打开的快件尽收眼底

2022 年 3 月 11 日

第三辑

万物生

青流万向

除了喜悦，一个快件里还要装有

果园、河流、青山和小孩子熟睡的梦

飞鸟把它们打开，春天便一股脑涌出来

奔向田野，与庄稼谈论气候和谚语

奔向街巷，与陌生人互道欢喜

那些不经意间丢弃的纸箱

被风分类，衔上枝丫，成为新型鸟巢

我在树下眺望，快递员一次次路过我身边

世界在他们的搬运中流动起来

仿佛一条大河，快件是风帆是扁舟

讲述得了风花雪月承载得起绿色摇曳

所有寄给今天的快件都会发往明天

它们用香甜的瓜果作为票根

登上高铁一等座，穿越万里山河

把大海装进体内，在深蓝处

看到生命的密码，时刻向未来传递

如果收到另一个星球的信号

一定要小心翼翼签收并发送回执

这是一份快件的荣耀，时代把内容丰富

还有光亮不断照进来

那光就是星辰、花朵、笑脸、漫天白雪

就是一代又一代人的绿水青山

就是一代又一代人的幸福中国

2019 年 2 月 25 日初稿、9 月 1 日修改

一生中的两个维度

人的一生中至少要从两个维度去衡量

速度与温度：我们刚来到这个世界上时

带有母亲的体温，无论我们身在何处

她的每一次问候和惦念都在传递母爱的温度

滋养我们成为充满温情的人，得以看见

花朵在秋光后凋零成泥土，流水绕过屋檐前变为乳汁

种子经历黑夜的枯寒和风雨而结出果实

快件就是散落在大地上的果实被重新打包

每一个包裹都是有温度的，速度以此为遵循

来自故乡的味道难抵夜的漫长，必须当日到达

远隔山海的情意已历久弥坚，可以次日签收

对于新品的诱惑，允许三天时间去冷静

这样我们就可以理解快递员并报以宽容

寄给未来的书信一定要慢些，对于人生的多数疑问

我们还在寻找属于自己的答案——

其实，答案就在如快递员般的奔跑中逐一呈现

除此之外，任何不劳而获的借口都是对人生的欺骗

2020 年 11 月 12 日

B12D 区

请记住我的位置：京东大厦

B12D 区，旁边是休息室和饮水机

我时常疲惫、口渴，没有一扇窗

可以打开，我接不到风和雨水

胸闷时，就使劲敲打键盘

想象是马蹄声从草原传来

那也是我的忧伤，请记下来

无法回到地面撒野，也无法挣脱

这透明的囚笼，去飞翔

连写给天空的信也寻不到地址

没有一朵云在风中把遐想签收

当我绝望，我的重量就是这建筑

砸进大地的重量，哦，悲伤

原来你也可以用深度去衡量

2019 年 6 月 3 日

时间的形状

我想，时间应该是有形状的

阳光穿过树叶照在写信人的脸上

那一小片阴影和一堆心事

被邮差塞进信封，叮叮当当地

送给远方，那信封就是时间的形状

叠在一起，常常被等待拉伸得漫长

那是从前的形状，黄昏一个字一个字地读

还未闭眼，天地就黑了下来

是的，时间是有形状的

从前有，现在也有——

五颜六色的快递员奔忙着

他们的手中抱着自己和别人的时间

快件的形状就是时间的形状

当它们被打开，那时间的形状

就是万物的形状，比如一朵花

一本书、一个玩具、一只千纸鹤

也可以说是一个错过的春天

回不去的校园、童年

和无数个月光盈盈的夜晚

2019 年 7 月 28 日

石榴红了

东河西营的石榴红了，挂满湛蓝的
天空，与在此歇脚的快递小哥练习算数
最没出息的那一颗，塞在老母亲牙齿间
咧着嘴，露出酸甜的微笑
在秋日尽头，做着一件光荣的事情

村里人眼中多子多福的老母亲
也有自己的苦水——儿孙都有出息
却无一在身旁，分散于祖国三省
看到那些石榴籽像亲密无间的兄弟
簇拥在母亲怀里，往日的情景就频频闪现

她不后悔年轻时因坚持不改嫁
遭受村里人的白眼和娘家人的嘲讽
孩子的优秀是她唯一的安慰
只是这思念太过熬人，土里的那个
已走了几十年，她不想离他太远

快递小哥再次路过石榴树时

老母亲刚好数到"一百"

他摘下石榴的瞬间，想到自己的母亲

和母亲的乳房，她从一颗石榴里

看到饱满的乳汁从一个女人怀孕时流淌

直到生命干涸，有时是乳汁，更多时候是

汗水、无声的泪水，甚至咽进肚子的血水

他把石榴装进纸箱，快递给即将湿冷的

南方、早已白雪皑皑的西藏和远嫁的海洋

免检的母爱更要包装结实、小心运送

若颠簸过重，老母亲会从梦中惊醒

因此要快些抵达，最好在明天天黑前

一个个快件就是一粒粒石榴籽

用血浓于水的亲情写下饱含四季的家书

温暖远隔万水千山的思念和孤独

我们就这样挂满异乡的天空

在秋风中咧嘴笑着，笑得

深如母亲的皱纹，笑得失去力气

当她拖着佝偻的腰身朝我们走来时

最重的那一粒从眼角滑落，跪倒在母亲面前

2020 年 3 月 7 日

老王收快递的日子

老王住在村子的东北角

再往外是麦田、河流和墓地

连老鼠都不愿光临的旧式瓦房

竟成了标志建筑：镇上的快递员

或许不知道东河西营在哪里

但一定清楚老王家的位置

可以说东河西营 96 号的重要性

已高过村头的唐枣树

是老王家将豆粒大的村子

与远方、边塞和祖国连在一起

老王其实不老，只不过早逝的妻子

抽走了他半个魂魄，也带走了他

不惑之年的硬朗与洒脱

辛劳、疼痛、思念与冷嘲热讽

在过去的十年间暗涌

儿子穿上军装的那一刻，这一页

才真正翻过，像麦收结束后
狠狠地喝了一大碗庆功酒

成为话题的中心是在这两年
县里的人都知道老王有一个了不起的儿子
在部队当大官，除了按月汇工资
还常给老王寄各种稀罕东西
快递小哥是免费的宣传员
大街小巷流传着老王家的故事
连麻雀都想钻进发光的包裹
替叽叽喳喳的人群寻找一个准确答案

那是老王一生中最辉煌的日子
每一封面单都像一张奖状
被他齐整整贴在墙上，覆盖着
生命中的黑洞
只是光线和时间仍不断被吸走
在一个快递员本该登门的午后
他在不祥的消息中，跟村里人一起
知道了儿子的身份：
光荣的中国人民解放军战士

老王收到的最后一个快递
是儿子的骨灰盒

二十六个春秋安静地睡在里面
从火车站到老王家的路两边
站满了人，树叶和人群低声祷告
快递员也在队伍中停止了奔跑
乡亲们慢慢走着，小心翼翼地
把这最后一单交到老父亲手中

2019 年 6 月 18 日

大雾中

大雾中，他载着满车快件

缓慢前行，城市已被雾霭填充

越拥挤，越孤独

消失的红绿灯，消失的最后的

缝隙和秩序，快件压着快件

越沉重，他感觉越轻松

尤其是没有电梯的老楼房

当他把快件抱在怀里或扛在肩头

他会有片刻幸福的错觉

——被信任或是被依赖

那些快件就是他相依半晌的亲人

他每天都在团聚

他每天都在别离

2021 年 11 月 18 日

我不知道风的方向

一个快递员猝死在春日的黄昏

他从车座上跌落时，吹过远方的风

刚好经过他的脚下，吹拂他走过

或再也无法抵达的路，吹到东河西营时

应该是秋天的清晨，母亲的眉梢挂满冷霜

一遍遍询问另一个快递员，她描述着

儿子视频中的样子，说不清时

眼泪就掉下来，像一枚大地都不敢

签收的包裹，像一个游子在风中坠落

2020 年 4 月 26 日

奶奶

他每天要穿过这条老街三次
最后一次大约下午六点
他会放慢速度
车厢内的快件也懂事般安静下来

患有健忘症的奶奶站在大门口
围裙在风中摇着手
他把三轮车停在奶奶视野的尽头
跑过来，"慢点跑，不要急"
奶奶乐呵呵地瞅着他——
"放下书包，回家吃饭"

他把快件放在门口
陪奶奶聊会儿天，打扫一下院子
秋天了，落英缤纷
奶奶的头发也白了大半
他们是这座城市彼此唯一的亲人

他想起奶奶前些年

常跟他讲起自己的亲孙子

十六岁的年纪，化为一朵水花

那时他刚离家来此打工

奶奶给予他丢失多年的隔辈爱

他望着远处等待派送的快件

想象它们是一块块石头，投入世间汪洋

那些逝于水的生命

又从水里站起来，又或是一艘艘小船

承载无处归一的思念

日日夜夜的救赎，在两人的

生命中，以不同方式进行

门口，他每天都放下一个快件

有时是米面、有时是蔬果、有时是药品

年末时，则塞满了奖状

和一沓皱巴巴的压岁钱

2021 年 8 月 14 日

世界

离开东河西营约三十公里后

祖母突然抬起放在腿上的不安的手

问我路西边村子的名字，我瞅一眼导航

伴着"减速慢行"的提示，告诉她

白鹤庄。再过二十公里，将会有一个

祖母口中名为大王的乡镇

六十年前，她曾跟裹着小脚的母亲

步行往返一整天，看望远嫁于此的姐姐

那是她去过的最远的地方

大王乡，曾是这宇宙的尽头

而此刻，她正坐在驶往北京的快递车上

她将不断刷新自己物理世界中的历史

认知与观念，她已不需要改变

比如她在受苦中学会的承受委屈

比如她在无逻辑的叙事中学会的自言自语

比如她一如既往地爱我们，我们也爱她

是的，北京也欢迎她

通过检查站后，祖母打了个哈欠

一朵云即将升起在首都的天空

我说，咱们马上就到达，用了三个半小时

今天高速不堵车。她说，啥叫高速？

村东边有十亩农田，祖母耕种了大半辈子

当她起身，向北望去，会看到车流

把河流和麦浪斩断，我不曾想过

汽笛声是否会打乱她安守东河西营的信念

我说，高速就是你常种麦子的马家地北边

那条被石柱架起的大马路

祖母笑了，原来北京离咱村这么近！

是啊，北京如此之近，祖母的世界如此之大

2021 年 11 月 28 日

首钢园上空的云

云朵是天空的眼睛。我抬头

透过三高炉顶部的窗，与一片云对望

我能感受到炉火在沸腾，一粒粒沙子

在燃烧。钢铁，一个国家的脊梁

正以云的形状，兑现还一座城蓝天的诺言

云是最好的见证，云是最具诗意的计量单位

长安街上空的云，是祥云

从永定河起飞，穿过合力之门

迎着朝阳，一直飞向东方

时而迅疾，时而缓慢，时而停留……

以云的视角，凝视这条世界最长街道的繁盛

当它升高、升高、再升高，就可以看到北京全貌

——祖国的心脏正在强有力地跳动

为此，一座座高炉，将轰鸣声还给火焰

作为雄鹰的翅膀，以腾飞的姿势永久矗立在首钢园

高炉依然巍峨，你可曾知道有多少粒沙子于此聚合

洗净身体和灵魂，锤炼为洁净的钢铁

冷却塔已锈迹斑斑，你可曾知道有多少人的青春

在此奋斗又流逝，有多少人的爱情诉说又分离

铁路专线、运输廊道也已不再流动，你又可曾知道

有多少座高楼、多少条公路

多少个园区、多少生活的工具

要溯源于此，托起新工业时代的梦想

我想，只有云知道，只有云可以计算——

云卷是加云舒为减、云开当乘云散则除

天上有多少云，首钢便有多少吨钢铁

呵，一望无际的云、变幻万千的云、形态各异的云

那些细碎的钢铁，在风中，挺拔站立

在云的检阅中，是最后的战士

守护着百年史诗般的创造和一座城市的过往

私有云计算发展，铭记一个群体的奉献

从石景山炼铁厂、钢铁厂，到首都钢铁公司、首钢总公司

从实业兴国到钢铁强国，再到伟大复兴

一代代首钢人赓续传承，托起共和国的工业娇子

而一次次熄火，更是一次次点燃

新的火炬正在云的手中高高举起，燃烧着

以无烟、无味、可循环的方式燃烧着，云和火在呼吸

公有云计算蓝天，守护人民的绿水青山

群明湖、秀池是天空之镜，当云朵倒映在水面

天地愈加开阔，石景山、法海寺跑过来

在秋风习习中荡漾，妩媚多姿

滑雪大跳台如飘带，从天空流下来

云朵借此跳跃，是第一个入驻的运动员

冰与火的激情在此迸发，这是一个园区的华丽蜕变

更是北京从古老走向现代的辉煌涅槃

混合云计算未来，谋划一个国家的强盛

沧海变桑田，首钢曹妃甸园已将乱石滩打造为生态城

中国钢铁自主创新的时代正在书写新的奇迹

是的，你们以铁人的意志战胜超百米的巨人

又以刺绣般的技艺赋予它们灵魂

一键式炼钢，这些坚硬的家伙正在你们指尖舞蹈

这是新时代的图景，自主创新的魅力所在

东风吹过来了，永定河水开始涌动

波浪滔天，云便会聚集在一起，如钢铁淬火般炸裂

太阳以从未有过的光芒照耀大地

那金黄洒在我们手中，像一把把钥匙

是的，钢铁铸就的钥匙，连同钢铁的力量

交给我们，与我们共赴新的征程，打开一扇扇新的大门

2021 年 8 月 6 日

经海路

深夜，或是新一天的起点

我又一次沿着经海路步行回家

身后的京东总部大楼，像两座门神

分立在经海路两侧，它们时刻闪耀

它们看不到凡人的悲伤

尚显稚嫩的梧桐树是一座新城的欢迎词

风替它们说话，风吹来尘土

街边的路灯下，快递小哥无声啜泣

我们的境遇类似：他因迟到

没能敲开收件人的门。北京没有下单

我主动送上门来，拼命敲打……

亦庄线行驶到经海路站时，列车

会大吼一声，丽萨和杰克们从 B 口涌出来

我总会想起东河西营的夏天

栅栏门打开，群鸭呼扇着形式主义的翅膀

奔向池塘——河水是它们的命，炙烤也是命

我们都知道，我们从未说出口

在北京，多数异乡人的身躯爬满疲倦

焦虑之虫，游走在格子间

偶尔有蝴蝶飞出键盘，令人神往的

自由之境，可有宽广道路抵达

经海路像一条跑道，路两边的高楼顶部

有私人专属停机坪，每一个人都想起飞

每一个人都有他想奔赴的远方

原乡和远方，无非是一个地方的两种叫法

无非是一个人的两种心境

无非是一生中的不同旅程

无非是一条路遇到了一条河

经海路止于凉水河，四支路是它新的身份

桥梁像一条脐带，河流给予经海路新的生命

再往南是通州物流基地，准备生根的地方

才被称为基地，比如航天发射基地

而物的流动，始终没有减少人的流动

梦里还在送快递的人

他手中的重量正在跟身体一同下沉

路的尽头是一片人工林，听说可以抵御风沙

天空远阔时，落在树梢的鸟可以看到长城在蜿蜒

其实在北京的外省人就如同沙粒

进京证、暂住证、工作居住证、社区通行证……

我们需要不断用证件来证明自己

站在路的尽头，向北眺望

经海路，不是直的，弧形的亦庄

我看到，六环路从上空飞架

六环是不是一条路将北京拥抱了六圈

还是每一环都有不同的界限

也有人说，树大招风，总有风

沿经海路吹着，总有车沿经海路行着

总有人沿经海路跑着，跑着

跑着，就飞了起来……

2021 年 6 月 21 日

时间之门

我们都奔波在时间之中
柳枝绿了，春红；手掌破了，寒冬

从一扇门到另一扇门
一个孩童练习钢琴，世界只有黑白之分
接过包裹的老人，转身把香炉挑亮

微弱的光，是前世回望的眼神
时间在这临近熄灭的跳跃中，它默不作声

每一片雪花，都是一道时间之门
我们一次次穿越，终寻不得返回的路

每一个快递，也是时间之门
它以物通其流的方式，指引我们向前
只是在一次次配送中，快递员把青春还给了时间

2022 年 3 月 27 日

与樱桃美人的恋爱

与樱桃美人谈一场恋爱
是春天再美好不过的事情
若是往昔，你需从黄昏时分动身
经过长途跋涉和一夜的思念
才能从露水中闻到羞涩的味道

如今，快递已成为新时代的红娘
把枝头与舌头的千里姻缘一线牵起
分拣是测量形体，入仓是盖上面纱
运输与配送便是嗒嗒的马蹄

樱桃的脸蛋也曾红透大片江山
那是令整个北方心动的姑娘
当她们离开枝丫，就要睡进保鲜箱
被你打开之前，要做一路冷美人

快递小哥风一般地奔跑

没能将她们唤醒，你不要误以为
这爱情来得不够热烈，当你掀起盖头
你会晕于甜蜜，竟不知是谁先亲吻谁

2019 年 4 月 15 日

北京是大姨家

北京是哪里呀？高铁上

小男孩问妈妈，北京是大姨家

大姨是东河西营第一个

定居北京的姑娘

她有自己的想法，她从不贩卖悲伤

快递轨迹在她的掌纹间绵延

已超过生命线

这长长的句子，饭后茶余间

被演绎成每个人心中的北京

每个人的北京

最终都会概括为同一句话

——北京是大姨家

2021 年 6 月 26 日

签收

午后的马驹桥，物流车暂时安静下来
新工业时代的烟尘、雨水和风霜
落在女主人的餐桌上，印出快件的形状
门口的鞋柜靠墙，黄小胖盘卧着
像一大朵棉花，做着与世无争的梦
电梯门打开的一刻，它瞬间两目圆睁
起身，变成一头迅捷的斗牛
红、白、黑相间的快递工装
点燃它眼中的火与光，它纵身一跃
还未等女主人伸手，黄小胖已探出右前爪
在收件人签名处，盖上无可替代的印章
快件上的尘土，有了花的形状，灵动起来
当黄小胖回到屋内，一道光消失于楼道
我仿佛看到，在这些快件运输、配送途中
曾有漫天的雪花、星光落在快递员肩头
它们陪伴或抚慰着每一颗奔波的灵魂
替今夜晚归的人签收

2021 年 8 月 16 日

妈妈是妈妈

刚满两周岁，儿子一夜之间

像是被语言之神点醒

一连串的话飘荡在他的奶声奶气里

当他把双手放在头顶，像两只耳朵

他会说，兔宝宝好可爱

兔爸爸也来一起玩

当他在沙发上跳来爬去，乐此不疲

他会说，猴宝宝要小心

猴爸爸要保护我呀

当他把肚皮吃得圆滚滚，打着饱嗝

他会说，猪宝宝吃撑了

猪爸爸放臭屁

当他抱起未拆的快件，练习敲门

他会说，您的快递到了

快递爸爸快点帮我打开

当我问他，妈妈是谁时

他始终只有一个回答：妈妈是妈妈

2021 年 7 月 26 日

直播带货

群山是大地的屏保，只有季节

能够切换，熟透的樱桃是密码键

张老太一声吆喝，丰收的大门

和直播的窗口同时打开——

她不懂美颜也不会开瘦脸

几十万观众依然为她点赞

她用快要老掉的牙咬破娇艳欲滴的春天

屏幕前的口水就顺着信号流到果园

她用老掉牙的吆喝声，把人们带回街巷

带回从前的小推车，几颗樱桃从车上滑落

屁股蛋们跑起来，把时光晃得锃亮

张老太咧嘴笑着，越笑越甜

像一座生鲜仓，大口大口地吐着包裹

她想不明白，自己种了一辈子樱桃

一小时的销量比年轻时几年的辛劳还多

她可能也不知道，这些被她称为

闺女的樱桃，坐上了飞机和高铁

群山的气息作为嫁妆，弥漫在城市的新房

她应该知道并为此感到骄傲——

人们争抢下单不仅为了樱桃的品质

更感动于她对土地和自然的敬畏

对岁月的善意，她的目光中

有母亲般的温暖和慰藉

2020 年 6 月 29 日

送快递的人又回来了

送快递的人把门带上，顺便

也带走了我的思绪，这无形的重量

被他背在肩上，儿时的温暖

回到眼眶，多日的不安酣睡如婴孩

他把快件放进三轮车厢，穿梭于街巷

那是我在东河西营撒野的童年

在牛背上做着行走江湖的梦

分拣中心是一所校园，我们在里面

学会守秩序、懂规矩，也偶尔经历摔打

高铁、飞机、汽车，我们总是

选择更快的速度去往远方，可是

青春啊，你是我正在虚度

并终将被春风迅速翻过的一页

原地兜转数圈后，我从眩晕中醒来

还是三轮车厢，只是铁锈

在时光的颠簸中震颤，掉一点

再掉一点，把骑车人的青丝染成白发

望着城市逐渐老去的高楼和人影

他最终也没有找到收件地址

他一遍遍抚摸包裹，像是抚摸过往

像是安慰另一颗漂泊一生的心

2019 年 4 月 15 日

春风吻过的快件

春风是时光的快递员，谁在寄出
谁又在签收。燕子解开黑色的绳索
鸽哨声扣响门扉，轻读着问候与召唤
快件一层层打开春天
山河转身，一年之计从此开始

每一个快件都被春风吹出声响
田野与广场上，放学的红领巾嬉闹
录取通知书闪着光，写满未来的畅想
是风插上翅膀，给每一份追逐以可能
我奔跑着，脚下生风，飞起来
把承载喜悦和热爱的快件送进寻常百姓家

春雨是天空送给大地的快件，谁在运输
谁又在配送。流水不腐，大海也不是终点
我看到，青青麦苗正在山河永固中
郁郁葱葱，没有一颗垂下头来

这昂扬的春天，已张开巨大的怀抱

你我青春的步伐正踏在新时代的脉搏中
大浪淘沙，岁月一次次将我们分拨
从未拒收的祖国，足以成为我们奋斗的
唯一理由，是的，这些爱与力量
让我们有勇气成为你坦然接收的礼物

春光照进每一个快件，谁在书写
谁又在见证。梦想和贡献不应分大小
所有星夜兼程的追逐都值得尊重，让我们
在这春日，把每一个普通人的生活装进包裹
当你打开，必会有一缕春风涌出
用奔跑的方式，一次次刷新着世界

2021 年 2 月 18 日

工号 00577977

休息日，宿舍阳台朝北，无纱窗

我赤裸上身，于此发呆

偶尔探出头，柳枝垂入水面

涟漪如分拣线，像在传递什么

又像是什么也没有发生过

执风的人，才有春心

我不是柳七，无栏杆可扶红楼可梦

我是工号 00577977

只有拣不尽、送不完的包裹

工号 00577977，一串多么美妙的数字

如果不是机械般重复昨日

青春，被固定在岗位上消耗流逝

我会哼唱出来，做半日浪子

谈一场新工业时代的恋爱

像西三旗的互联网人一样，穿西服

扎快捷领带，一杯咖啡，两个太阳

仓皇钻进出租屋

只要半日，二十七岁，我单休

我一直没能认识工号 00577976 和 978

遍布全国的工友，他们是否

也想知道我是谁，或许他们早已离开

只剩一个没有姓名的工号

仅仅是一串数字，毫无意义

什么也不能说明，除了他们曾入过职

除了我也是他们其中的一个

像一件快递，拆封后没有人再关心单号

它到了哪里，何时抵达终点

"我们从哪里来？我们到哪里去？"

户口本、门牌号、单元楼、暂住证

还是分拣岗、打包岗、运输岗、配送岗

我们都来自四面八方，比如我

出省，就是山东的；出市，就是滨州的

出县，就是无棣的；出村，就是东河西营的

那一年正月初六，我与父亲各自离开

他向南，我向北，他没有工号

只有空空的风吹过我俩之间的几千公里

2022 年 6 月 8 日

去梓椤树的路上

——兼致扶贫干部张惠荣

去梓椤树的路上，山川起伏

冬末的大雪尚未融尽，盖住厚厚的

冰草，村庄夹在山谷间

阳光明烈，我的内心正发生着什么

我的内心，从未如此辽阔

我们哼唱着，瀑河的支流

随尾音流向平泉。我们从哪里来

又缘何成为亲人？去梓椤树的路上

不设防的大云湖，举着抬头山

我什么都没有听见，又仿佛听清一切

捞鱼鹳，性情胆小，还没有惊飞

可见此处的水多么清澈，才能留住

它们的脚步；可见此地的人多么善良

才能让你别乡三年，以此为家

去梓椤树的路上，炊烟升起，高过马盂山

你帮扶过的人，正在你帮扶的土地上

兴盛起来，他们眼中的光看得见远方

被九千杖子外的世界点燃

而你将离开，在去桫椤树的路上

雪花还沉积在苗根，我赶来相送

更多的声音正响彻在我们去桫椤树的路上

2022 年 2 月 5 日

大学

将闺女的行李箱放进寝室后
老马冲出宿舍楼，消失在三楼阳台的
泪眼中。这是他第一次将闺女交给远方
送了几十万快件，从来没有一件
像这件一样令他如此不舍

老马躲在海淀黄庄的街角
如过去十几年般，让黄昏抱紧自己
送完每天的最后一单，他会在疲倦中
被成就感点燃，吸一支烟
偶尔吐出的烟圈，像分拣线伸向天边

南下的列车，抵达终点时
太阳刚好升起，他最为骄傲的光
将在北京闪耀。闺女整理好床铺
一觉醒来后，她将迎来人生新的篇章
站在父亲的肩膀上，她已摘得星辰

老马回到镇里的站点，清理快件

他时不时笑出声，闺女是这座大山里

考到北京的第一个大学生

是他用一件件包裹送出来的

每天一百多件，二十年，移走一座山

2021 年 9 月 28 日

柳芽

第三次投递失败后

快递员刘长明坦然接受公司的处罚

理由：快件丢失

作为工作考核的判决如同当头一棒

那个小女孩是否真得丢失了

他一遍遍抚摸收件人的名字：柳芽

不觉哭出声，她才五岁

春天最嫩的枝丫，被拐入寒冬

出租屋已换了新的房客

再没有幸福的一家三口，在傍晚喊他

"进来坐坐，吃口饭吧"

再没有奶声奶气的"快递员哥哥好"

回荡在皆为异乡的熙攘街巷

他把被判决为丢失的快件紧紧抱在怀中

像抱紧人世间每一个被丢失的孩子

2022 年 3 月 27 日

防护服里的风

嘉定城河沿岸，一只夜鹭

从香樟树上飞落

停于瘫坐在地的防护服上

快递员王二已孤独入睡

鸟鸣清脆，河流暗涌

酣眠中的王二间歇性抽搐

夜鹭惊起，锋利的细爪

扎破脖颈处，也扎破王二的呼噜声

青鲢跃出水面，凑热闹

它的翅膀扇不起风，水花终不是大浪

林间的风钻进防护服

王二激灵一下，仿佛梦见

东河西营的麦子已吐穗，朝天空请命

一季丰收需是粒粒饱满

他也是主动请缨奔赴于此

千家万户亦需件件快递

妥投三百三十五件是王二从业八年的
新纪录，也是他的极限
梦中，他正躺在母亲怀里
自脖颈进入又从脚踝溜走的风
温柔又充满力量，带走他身体的
三千亩盐渍和六十公里长的疲倦

风继续向前吹着，亮起的街灯处
花儿争艳，也或有凋零
步道上青草正惶惑于世界之大
王二轻抚篮筐，站起
看见这十里长街，长如白色衣袖
他伸展臂膀，使劲摇醒沉睡的昨夜繁盛

2022 年 5 月 11 日

源头辞

竹林端着流水，把群山
氤氲得苍翠。源头村深藏功与名
唯有杜鹃小声鸣啼
或在某个清晨绽放如火

在井冈山，快递员的脚步声
都是轻的，应和着抽穗拔节的中国
有些树越长越矮，在母亲体内
把九百六十多万平方公里
紧紧拥抱在一起

我溯源而上，快件是飞越群山的鸟儿
那是新时代与先辈沟通的方式
未来从此出发，挑梁小道上
奔走着我终将丰收的祖国

2019 年 5 月 9 日

收件人也是寄件人

托着手中的快件，他突然无从开口

面单上收、寄件人的姓名、电话和地址

一模一样，像一对双胞胎，都在等他打招呼

此时正黄昏，余晖照着他的左脸

右脸侧的高楼，有小孩从窗户上朝他滋水

电话的另一头仍无人接听

他爬上十楼，敲门，一中年男人签收

在他转身的一刻，他想起同样的门口

同样的中年人、同样的动作、同样的语气

也曾通过他寄出一个快件

他呆立原地，像等待门被打开，出来一个少年

——这就是我们的人生

没有绝对的起点和终点，收件人也可能是寄件人

在时间的旅途中，我们一次次被风吹散

脸吹皱、腰吹弯，眼中的光模糊不堪

左手握着右手，像是老友重逢

更像是仇深似海的人在同一个身体里无法分离

他这么多年的工作，即是如此
每个快件都在抽取他的力量，直到沉沉睡去
这虚空，这茫茫人海的虚空
他每天要投进去二百多个石子
听一下汗水的回声，在一块六毛钱的派费中
维持一家人的生活，不再回到贫穷的起点

2021 年 8 月 13 日

该怎样将一个快件递给你

该怎样将一个快件递给你
我的恋人，我已在大风中走了很远的路
还要走很远，我要跑起来
让热血沸腾，浇灌手中的玫瑰
同朝阳一起绽放在你家窗外
我要你的容颜永不枯萎

该怎样将一个快件递给你
我的朋友，我们已有十年未曾相见
我要把踢过的足球、砸烂的键盘
写到哭泣的诗稿，一起追逐过的远方
和喜欢过的女孩照片，统统塞进包裹
我要你的青春刻骨铭心

该怎样将一个快件递给你
我的亲人，我在异乡漂泊了太久
像一只倦鸟，害怕却又急切想回到

母亲的怀抱，我要拆掉胶带和包装
我要像儿时一样在村庄的大河畔撒野
我要做东河西营永远的孩子

该怎样将一个快件递给你
我的爱人，你是我唯一深感愧疚的人
我要在纸箱内壁写满情话
从一滴春雨打湿你的发梢写到岁月的
虫子爬满你的脸庞，我要把一生打包
我要你亲自签收并承诺来世

该怎样将一个快件递给你
亲爱的陌生人，不管它来自恋人、爱人
朋友、亲人，还是你的陌生人
我都要微笑着轻轻叩响你家房门
包裹中始终有一双眼睛看着我
也看着你，给予我们慰藉和前行的力量

2020 年 3 月 31 日

飞驰吧，青春中国

1

"叮咚，您的快递到了，请签收"
这样的消息每天响起在祖国各地
那是幸福来敲门，三百多万名快递小哥的问候
如百灵鸟的歌声般令人期待和欣喜
轻轻打开快件，打开崭新的每一天
从城市、乡村、工厂到海岛、草原、社区
中国快递业像一列追风的火车
从一个黎明赶往下一个黎明

其美多吉、宋学文、汪勇、唐杨君、田追子、谭万斌……
我无法一一喊出那些快递小哥的名字，我知道
他们的奔跑中深深地刻着时代和青春的印记
他们如一面面迎风飘扬的旗帜
应和着建党百年的澎湃潮声

见证着改革开放的奔涌和中国经济的无穷动力

收快递早已成为老百姓"新开门七件事"之一
每一件包裹中都有不同的故事
每一个故事中都有一个丰富多彩的中国
既讲述着互联网时代的繁荣与便捷
也记录着每一份平凡生活的美好

2

从前慢的岁月，一本书还未读过半
驿站就倒塌在风雪里，跑瘦的马和自行车
眨眼间，就落满了尘埃
没有翅膀的合同要走几个夜晚，字迹泛黄前
共赢的手才隔空握在一起

率先觉醒的，是富春江畔受过穷苦的桐庐青年
和骆马湖、容奇港敢于争先的世界眼光
他们从江浙广东走来，每一张新鲜又倔强的脸上
写满对未来的期待，热血在胸中燃烧

追逐的路上总有意外，像被磕碰的包裹
在无人签收的途中被风吹散
24岁，是"中国民营快递第一人"聂腾飞告别世界的年纪

突然的休止符不留尾音，留给快递中国一段传奇
更多人的故事继续上演
在改革开放和经济体制创新的浩荡东风里
快递和快递串联起的万物，加速生长

3

从一辆自行车、一个营业部、几条麻袋
到智能仓储、无人配送和星罗棋布的网点
从往返于上海和宁波之间的"暗语297"列车
到快递专用高铁联通五湖四海
勤劳的中国快递人扭住每一缕光芒奋不顾身
从不回头的奔跑，聚齐梦想阔步前行的磅礴之力

于是千城百业有了联系，千家万户成为亲戚
从一件到一亿件再到一千亿件
从一人快递到一家快递再到人人快递
22年增长82倍，连续7年稳居世界第一
如今的每一天，超过一半的快件流动在中国

我敢说，这是新时代最具活力的场景
服务着全领域，激活着全要素
日夜飞驰的快递小哥如小蜜蜂
正飞舞其间，酿造着甜蜜

你来我往，多么热闹，正叫日月换新天

4

你能想象一分钟里的中国快递吗？
三百多万名快递小哥要收寄 153607 件包裹
支撑起 1897 万元网络零售额
价值 85 万元的农产品搭乘快递网络进入城市
3400 个快件走出国门……小小的包裹如一个个点
把每一个人串联进命运与共的大家庭

这是一分钟里的仓储、分拣中心
操作员与机器人组成搭档。无论从此出发
还是短暂停留，他们认真对待每一个包裹
单个无人仓处理 583 件商品
双层自动分拣系统送走了 1200 个快件
人工扫描 15 张电子面单后，天狼、地狼正乐此不疲
与 438 件货物成为老朋友……
当阳光照进亚洲一号，崭新的一天正在醒来
快件是成群而后独自飞翔的白鸽，奔向千家万户

这是一分钟里的运输、配送之路
司机师傅、快递小哥风雨兼程，速度与温度
是他们青春岁月中最真实的维度

方向盘还未转过十分之一圈，干线车已前进 1333 米

装满快件的货机飞行 12 公里

快递三轮车距离收件人又近了 270 米

智能无人车早已成为城市的风景

在路人的注视中，昂首向前 360 步

当 17357 个智能快件箱格口被打开

当你家门铃响起，快递小哥熟悉的声音传来

他们的使命已完成，不辜负每一次托付

5

是的，这就是新时代最具活力的场景

从白雪皑皑到淫雨霏霏，从阳光普照到星河璀璨

九百六十万平方公里的土地上

一抹抹闪亮的快递色彩如旗帜在飘扬

那是属于快递中国的荣耀宣言

柴米油盐、电脑数码、特产生鲜、药品图书……

每一个快件都有不可取代的意义

每一张笑脸都满含对下一次妥投的期许

我们坚信，每一份付出都是为美好生活加持

每一次奔跑都更加充满前进的力量

因为，那是属于我们的飞驰的青春

6

100 年前，有一群热血青年也在飞驰

他们从北京、上海、广东、湖南出发

在渔阳里、淡水路集结，成立

上海社会主义青年团、外国语学社、中俄通讯社

李大钊、陈独秀等先驱传递信仰的火种

点燃心怀救国理想的新青年们

"青年的呐喊"从此喷薄

"青年的活动"从此起航

他们冒着枪林弹雨，以中流击水的勇气

穿过黑暗的旋涡，终迎来七月的曙光

而后，南湖红船——这历史的快递员

把伟大的使命交到中国共产党手中

新的一页正式掀开，缔造一个个胜利的奇迹

当我独自走在西柏坡、井冈山、沂蒙老区

穿过那些丛林、山脉、河流和断壁残垣

我仿佛看到那些洋溢着青春之光的脸庞在向我诉说

——天亮前的树叶，是黑色的

这阳光下的奋斗、绿意和生生不息

是我们对这片土地的热爱和永不熄灭的坚持

7

于都河水静静流淌，我仿佛听到

中央红军集结的号角声，那一场史诗般的远征

时常在我的生命中激荡

这片红色的土地，洒过的热血依旧在燃烧

以"东风快递员"命名的中国火箭军从助力精准扶贫

到加快乡村振兴，带领革命老区人民一飞冲天

沂蒙山区，基础设施下沉，快递进乡入村

田间地头建起前置库、共享仓，像一座座堡垒

这一次只为打赢致富的一仗

金银花、水蜜桃、草柳编、吴老太的大煎饼

都被装进包裹，续写新时代的沂蒙精神

小快递撑开了百姓的荷包袋

丰富了远方对于乡土和家国的情怀

更多的革命老区富强起来，昂首阔步向前

流动的中国，每一寸血管都澎湃如初

释放着奋勇争先的力量，此刻的青山如此多娇

8

请允许我，向你们致以崇高的敬意

每一位贡献者、奋斗者、探索者、追梦者

你们用匠心铸就着小蜜蜂的精神与理想

你们用行动践行着邮政快递业的价值观

你们向时代和国家传递着鸿雁天使的责任与担当

我因与你们战斗在一起而倍感珍惜和自豪

无问西东，你们只为勇敢前行——

每一份超越自我的努力都是无价的

每一份无愧于心的付出都是无限的

你们正创造着未来且必将发出超越钻石般的光芒

9

你看，河北平泉的瓜果穿过笼罩山野的晨雾

从枝头跳进保温箱，岭南的荔枝坐上高铁或飞机

当你开口，一定还是娇艳欲滴的样子

你闻，刚打开的纸箱上母亲的味道多么熟悉

天涯可咫尺，故乡从未离我们远去

乡愁，就是一条全家远程可视下的快递轨迹

无论身处何地，总有人把我们紧握于手中

你望，大凉山、青藏高原、鼓浪屿、白洋淀

无人机起飞、降落又起飞，把海岛、村庄连成一道弧线

在粤港澳、永兴岛、南北疆上空的那一架

始终庄严宣告：快递抵达中国的每一寸领土

你瞧，在济南的中国重汽生产基地

工人师傅转身就可以拿到零部件

车间中，快递最活泛，像无处不在的小徒弟

激活了生产线上各个环节，细分了市场

你听，分拣线上正在上演的协奏曲，多么神奇

快件也是琴键，大件稳重、小件轻盈

错落有致间，谱写着新时代万物交融的大合唱

10

尤其是那个春天，当新冠病毒突袭人间

世界仿佛被按下暂停键

我们躲在房屋、口罩和云端会议室里

是快递，让我们短暂的分离没有成为孤岛

"生命摆渡人"汪勇以凡人之力聚拢八方力量

守护一座城，守护一座城里的英雄

尚黎明、徐龙、贾胜治、亚一城配青年车队 [1]

冒疫奔忙，给每个等待的窗口带去希望

守护一座城，守护一座城里的百姓

这一次，我必须称快递小哥为"战士"

他们没有盔甲，也不会百毒不侵

却扛着我们的一日三餐和孩子的教辅图书

作为医生的亲密战友和我们的朋友与病毒赛跑

---

[1]全称京东物流亚洲一号城市配送青年运输车队。

他们跑过楚河汉街，越过燕赵平原
直到永恒的人间烟火气
与樱花、白云一起在空中绽放

11

"欢迎快递员王冠军回家"，不经意间
快递小哥早已成为我们生活中必需的一部分
一个人的用心付出，足以温暖社区几万市民
快件恰似放大镜，生命的微光
盈盈笑意中把一座城市照亮
当我抬头，快递小哥正奔来
是他们的付出和坚守，让云端过年成为可能
隔绝人心的，从来不是距离
这一次我们见屏如面、签收如握手
因为快递，年复一年的心意跋山涉水
如期传达至牵挂的另一个端点

12

"谢谢，您辛苦了"——当我签收
打开清晨才下单的好物，一缕春风涌出
吹过我的心满意足，吹着窗外的鸟鸣、青青草地
吹着快递小哥匆忙的话语和手中的快件
与匆忙的行人擦肩而过，生命亦乘风

这生机勃勃的春天，欢唱起来，飞往大街小巷

翻过家书抵万金，读懂快递暖人心

时代的发展将数以亿计的快件装点得异彩纷呈

吹拂着正当青春的中国和奔跑的每一个人

13

飞驰吧，青春中国！

飞驰吧，中国快递！

我们的脚步正坚实地踏在时代磅礴的鼓点上

只要速度足够快，我们就是祖国腾飞的翅膀

在民族复兴的伟大征程中

我们的祖国已做好充足准备

人类命运共同体中，所有的传递都充满意义

每个快件像一块土、一滴水，连在一起

就是祖国的连绵山川、大江大河

新的光芒正在跨越山海、洲际和时空的快件中闪耀

让我们一起与正值少年的中国飞驰吧

我们怀抱的每一个快件都是最好的礼物

我们洒下的每一滴汗水都见证着岁物丰成

每一道丰盈温暖的光，都在照亮着大时代的壮美繁昌

2021 年 4 月 18 日

附 录

诗歌是一种庄严的命名

——《快递中国》简论

刘广涛

郭沫若用《凤凰涅槃》为新中国命名，艾青用《大堰河》为社会底层妇女命名，臧克家用《老马》为中国农民命名，北岛用《回答》为具有反思精神的青年英雄命名，舒婷用《致橡树》为时代爱情命名，海子用《亚洲铜》为中国的黄土地命名……王二冬用其诗集《快递中国》为新时代的中国快递命名。从某种意义上说，诗歌是诗人给万物（包括自我）的美学命名，庄严而神圣。

一、为新事物命名

为新事物命名，是创造者所具备的能力和格局。命名者要独具慧眼，对真相或存在有所发现，哥伦布命名新大陆，袁隆平命名超级水稻，屠呦呦命名青蒿素，莫言命名高密东北乡——文学地理之名——莫不如此。不言而喻，命名者具有敏锐的预见性或超前性。鉴于此，有论者断言，大诗人每每是时代的预言家。诗歌处于时代的潮头浪尖，诗人则属于社会上最为敏感的神经，用诗歌为新时代新事物命名，是当代中国诗人光荣而庄严的文化使命。

新世纪以来，中国快递业的迅猛发展，产生了以青年为生力军的新工业阶层、新就业群体，创造了举世瞩目的中国传递速度，提升了中国城乡居民的生活质量，密切了中国和世界的联系，这一事实有目共睹。用诗歌为中国快递命名，这一使命落在了快递从业者兼诗人的王二冬肩上，这是时代和命运的双重选择。

诗集《快递中国》是对新时代新事物一次庄严的命名，她的问世看似应运而生，在成功的背后，却浸透作者一路奋斗的青春的汗水。历史的机遇总是留给有准备的人，王二冬命名"快递中国"，其实积蓄力量已久，堪称有备而来——2014年，王二冬从聊城大学文学院毕业后，开始进入邮政快递行业，2018年到京东物流工作，同时也有意识地进行快递系列诗歌的创作。诗集《快递中国》自2019年创作至今，多数作品已经刊发。其中《快递中国》组诗，曾获得《诗刊》社主办的"我向新中国献首诗"一等奖，部分入选山东省《高中语文读本》《新时代诗歌百人读本》等。《快递宣言》这首诗，代表全国所有的快递工作者，向祖国发出了铿锵有力的青春宣言，展示了一代快递人的胸襟与情操。首发于《诗刊》的《母亲，我在武汉送快递》这首诗，以其真挚动人的赤子之情，打动了万千华夏儿女的心弦。发表于《诗刊》2022年第6期的组诗《春风吻过的快件》，令读者眼前一亮，耳目一新，让我们懂得什么叫做"为新事物命名"。

诗集《快递中国》作为第一部以快递生活为表现内容的诗集，业已入选"新时代诗库"。这部诗集开拓了当代诗歌的新领域，挖掘了当代诗歌的新主题，表现了当代青春诗人的新思考。无论在中国诗歌史上抑或在中国邮政快递发展史上，王二冬的名字都将成为不可或缺的存在——他用这部诗集为中国"新事物"进行了庄严而神圣的命名。

二、为无名者命名

快递小哥，是新时代一个庞大的底层群体，他们拥有青春的能量和链接世界的能力，然而却处于某种"无名"的状态。诗集《快递中国》的意义就在于，诗人用庄严的仪式，饱满的激情，温暖的诗句，为"新工业时代"的生力军进行了诗意盎然的命名。恩格斯有句意味深长的名言："时代的性格，往往就是青年的性格。"恩格斯深刻地理解青年的性格，认为青年的性格最能代表或体现时代的性格。中国的快递大军，其有生力量以快递小哥为主。从交通工具的选取，到工作服饰标志的佩戴，再到运行路线与速度的灵活选择，无论在乡镇还是在都市，他们都构成了中国街道上的一条条风景线。很多时候，接收快递的人们恍惚间只记得他们匆匆而去的模糊背影，对他们的面孔根本没有印象，更遑论他们的姓名。"熟悉的陌生人"已成为他们"无名"状态的另一种写照或称呼。在熙熙攘攘的人群里，快递小哥的存在微不足道，他们的汗水和泪水只是默默流淌，甚或他们因疲倦与过劳而倒下去的身躯，换来身旁无奈的一声叹息……

幸好还有诗人王二冬在此，还有他的诗集《快递中国》在此。

王二冬敢于且乐于为"无名者"命名。于是乎，一个个活力四射的"奔跑者"青年群体，在诗集《快递中国》中鲜活起来、灵动起来，他们具有改变世界的青春力量，他们具有奔向未来的精神能量。他们中的个体也成为有名有姓的青春追梦人。哪怕在最遥远的祖国边陲、最偏远的天涯海角，也留下他们不知疲倦的青春足迹。有的"奔跑者"不幸倒在了传送梦想的路上，王二冬郑重地称其为英雄，有血有肉的英雄。《英雄》这首诗，是作者对中国"草根"的庄严命名，其动人处不在于诗歌修辞，而在于道德良心。

自然，快递大军中不唯有快递小哥的身姿，也还有"快递姐妹"，甚至不乏"快递老哥"。快递行业的每个生命，都是沿着自己那条独特的小路，加入中国快递大军的。每条小路上流传不同的故事，这才构成丰富的快递人生。诗集《快递中国》记录了快递路上，东西南北中，各个方位的奔跑者，他们心中的酸甜苦辣咸。有快递的地方就有诗意，有等待的地方就有希望，有压抑的地方就有释放，有阴影的地方就有阳光。作为一名快递从业人员，作者曾云游四方，即便他足迹未到的地方，诗人也用其心灵的眼睛，去发现那些默默无闻的奔跑者，用诗歌为其命名，用真诚为梦想讴歌。《奔跑者之歌》那种豪迈的气势，开阔的气象，能让人感受到海子诗歌中春暖花开般的精神力量。如果说诗歌是一束神圣的光芒，愿《快递中国》这本诗集能够照亮更多灰色的地带，给世界上默默前行的无名者带去精神的激励，心灵的慰安。至少，快递小哥可以成为那首《朗诵诗》中的角色，无名者用自己真实的声音，读出自己的名字，从而确认自己的身份。

三、为新自我命名

王二冬的诗歌创作发轫于聊城大学"九歌文学社","九歌"之名源于楚辞。诗人屈原那种"路漫漫其修远兮，吾将上下而求索"的精神，正是"九歌文学社"文脉之所在。作为全国高校"十佳社团"的"九歌文学社"，是一个有内涵有实力有精神的文学平台，她所埋下的文学的种子，为山东乃至全国文学界积蓄并涵养了一批批文学新苗，王二冬正是其中的佼佼者。2012 年9 月，作为九歌文学社"社长"的王二冬，自费刊印诗集《没有回家的马车》，藉此文学"自我"的成功展示，诗人的激情一发而不可收，在校期间便斩获"中国红高粱诗歌奖"。如果说诗集《没有回家的马车》开启了王二冬的文学"自我"，那么诗集《快递中国》则完成了作者对"新自我"的命名——这既是文学的一次蝶变，更是诗人精神上的一次成长。何以如此？我们且看王二冬成长的心路历程。这里有必要提及，这般考察不应离开其文学地理方位——东河西营，因为王二冬具有浓重的故乡情结。"马车"作为诗人青春之马的载体，理应回归"东河西营"；在乡村的公路上运转穿行，按照老规矩完成其传统的使命。然而，时代变了，世界呈现出万花筒般的丰富多彩。"不是我不明白，这世界变得快"，崔健的摇滚道出了青春之马"没有回家"的原因。一方面热爱着东河西营，讴歌着东河西营；另一方面却要转过身子，离开东河西营，甚至渐行渐远——这种矛盾，并非王二冬个人的矛盾，这是一个令人困惑的时代难题。对于"自我"，王二冬曾有如下认识："我们这一代人的漂泊，属于扎不下根的城市，回不去的故乡。""恍惚、存在与虚无甚至是怀疑，成为我们'90 后'诗人的共性。"从乡村到城市，王二冬充分感受到了生活的窘迫，他一度认为"城市，不考虑人的心灵需求"，于是，他将"东河西营"村庄，作为心灵的守护区和生命的归宿处。这种矛盾的"自我"，为王二冬写作"东河西营"诗歌，提供了心理和情绪上的温床，这一时期诗歌中的离愁别绪和归家情结，也为诗人带来了诗歌深度乃至某种意义上的哲思之美。

诗集《快递中国》的出现，意味着诗人对城市现代生活的接纳，对城乡新行业、新事物的关注和热爱。这个文学"新自我"的形成，并非是王二冬对既往自我的否定，更不是对诗歌精神的抛弃。"当我的生活被柴米油盐占据，我便更需要诗歌。"——诗人如是说。"新自我"的觉醒，是主体性的觉醒和创造性的激发。城市空间越是狭小逼仄，诗人的心灵越是要海阔天空；城市生存越是冷漠无情，诗歌的光芒越是要纯粹而温暖。诗歌在照亮外部世界的同时，也不断明亮自己的眼睛，净化自己的心灵。诗人王二冬在对快递中国"速度"与"情怀"的抒写中，在对"快递小哥"的命名中，也完成了对"新自我"的命名与认同。或者不妨如此表达，在为新时代中国快递事业贡献出一首首热情洋溢的诗歌之后，诗人王二冬终于收获了自己的一份礼物——诗集《快递中国》。而且，一切都在路上，命名还将继续……

链接世界，链接现代化，链接未来，这不仅是中国快递应有的姿态和格局，也当是新时代中国诗人应有的力量和胸襟。一个为平凡世界中的"奔跑者"修建纪念碑的诗人，他的名字也被镌刻在纪念碑上，命名者自身被命名，这是理所当然的。

是的，快递中国——有诗为证！

2022 年 7 月 1 日 聊大花园·梅园

刘广涛，聊城大学文学院教授，文学博士，硕士研究生导师，兼及诗歌创作，笔名骆驼，聊城大学"九歌文学社"指导教师。

"我"与《快递中国》

李　壮

　　好不容易加完班，天色已经全黑。喘口气，也顾不上点外卖了，饿着肚子先在办公室电脑上反手开一个文件夹，动笔写写王二冬——早就答应了给王二冬的新诗集《快递中国》写篇评论，结果一段时间以来整个人忙得外焦里嫩，根本顾不上动笔。希望二冬不会觉得这是在要大牌，毕竟彼此年纪不大却相识那么多年，这次只是真的忙晕了。按照自然主义或法国"新小说"派的叙事方法，写评论第一件事是建一个新的 Word 文档，然后，建了文档要起名字。文档名字叫什么？按照多年习惯，顺手敲上"李壮评王二冬"。敲完一愣，忽然想到些什么，啪啪啪删掉最后三个字，改成了"李壮评《快递中国》"。

　　至于为什么这么改？且先卖个关子。这事儿放在文章最后说。

　　读到这里的人要皱眉头了。什么情况，这么长的"起兴"？这是在凑字数吗？按照现在的稿费标准，你这又能凑出几块钱来啊？谁要看你凑字数，我们要看你谈《快递中国》！

　　好吧，好吧。现在我要告诉你，我这就是在谈《快递中国》。只不过，用的是一种奇特的方式，或者说，奇特的、彩蛋般的创意形式——

请你们回头去看我这东拉西扯一般的第一自然段。请告诉我，这一段里，有没有出现任何一个"我"字？

其实也不用找了。我自己专门用 Word 文档的查找功能查过的，整个第一段字数两百多，一个"我"字都没出现。是不是有点奇怪？乍一看，整个第一段里面处处都是我。当然是"我"加完班，是"我"要给二冬写评论，"我"建了一个文档，"我"改了文档的名字。我我我我。我到处都是，谁都知道那是我。但偏偏就是没有直接出现这个"我"字。

这就是在谈王二冬，就是在谈《快递中国》。因为在《快递中国》这本诗集里，情况和我这篇文章的第一段非常类似：读者很难看到王二冬的那个"我"，但事实上，王二冬的"我"又始终融化其中、无处不在。"我"在"无我"之中，"我"在"快递中国"里面。

放在当下诗歌现场作横向比较，这实在是王二冬《快递中国》很不一样的地方。

为了避免绕晕读者，我需要进一步解释一下这两种不同的"我"。那个在《快递中国》并不出现（或极少出现）的"我"，指的是文本元素层面的"我"：诗人是否要把自己的主体形象直接置入诗中？是不是要直接用我的口吻、讲我的感受、谈我的想法心情？老实说，在今天，离开了这个文本层面的"我"字，多数诗人恐怕是难以下手写作的。不仅是在诗歌领域，可以说在整个现代文明的层面上看，个体生活经验和主体内心体验的地位都在持续上升，诗歌在题材和方式上的"往里看""向内走"可以说是某种必然。这没什么不对的，我自己写诗也喜欢写"我"、喜欢写自己的内心世界和生活细节——只要不把"围着自己转"写成过于自恋的私语独白，这种"我"的中心主义本身并不构成什么问题。但与此同时，我们也的确希望看到一些有所不同的作品，看到诗人对外在世界、他人生活的观察和抒写。写"他"和"他们"，不仅是诗歌创作现场"大盘子"里的一种补足、一种平衡、一种综合，更是诗人自身应具备的一种能力。王二冬的《快递中国》就不是"围着自己转"。这些诗作基本都是在"围着别人转"。而这些"别人"呢？那可都是些风驰电掣、走南闯北的快递小哥。他们"围着中国转"、"围着世界转"。考虑到快递行业在我们今天日常生活中所扮演的极其醒目、几乎不可缺席的角色，我们甚至可以再拔高一下：是"围着生活转"。

这样的意识与实践，在年轻诗人身上的确不算非常多见。至少，王二冬《快递中国》里涉及到的这个题材领域之前是没有什么诗歌同行重点写过的。因此，《快递中国》的确是一本很有特点、很具辨识度的诗集。然而，我同时也必须承认，能写出《快递中国》这样具有独特性的作品，王二冬的确是仰仗了自己的"职务之便"。他自身就是快递行业从业者。当然，据我了解，他日常的工作大多是与快递行业的管理、战略、政策工作有关，大概很少会真的骑三轮车出门送快递去。但这并不重要。"快递行业"原本便是一个巨大、复杂的综合性行业体。凭借着对快递行业本能般的熟悉，凭借着与身边"战友"们深刻的情感连结，王二冬足以形成对"快递行业"和"快递中国"的情感认同和身份认同，也就是说，足够让他自然而然地将自身投射到对行业、对该行业从业者的书写里面。无论以何种方式，他的确是其中一员。这就是我为什么在前面会说，王二冬的"我"始终融化其中、无处不在。

回到文本本身，王二冬这种"有我"和"无我"的辩证，的确在文本中注入了许多微妙而动人的东西。例如《城市超人》里的这两句："巴枪已自动关闭，超能力瞬间消失／你静静坐着，整座城市停止奔跑"。在一般人的感受中，快递是"跑向我们"，收货之后，包装一拆，停下来的是快递——包裹的旅程结束了，收件人的活动才刚开始。然而，在《城市超人》里，王二冬悄悄置换了文本里感受主体的位置，他从送件人（甚至快件本身）的视角，反过来看整个生活的运行："你静静坐着，整座城市停止奔跑"，工作的中止产生出一种关闭世界电源的失重感。一切忽然暂停。只有把"我"的情感甚至"我"的知觉，带入到最真实的快递员那里、带入到最具体的快递投送环节之中，才能制造出这样既意外又合理的"感受倒错"和"审美效果间离"；与此同时，也恰恰是没有以"我"的身份直接介入抒情，诗句的处理才显得自然节制、分寸得当。

论到"自然""节制"，并非是说一定得藏着感情才好。能够以合适的方式袒露出来的感情，于诗歌当然是加分项。毫无疑问，《快递中国》里的感情是丰沛的。不仅丰沛，类型也很丰富。诸如《分拣女工》里的浪漫，《化妆品仓的爱情》里的温柔，《仓储牧狼人》里的天真，《无着快件》里的沉郁，《英雄》里的哀痛，《母亲，我在武汉送快递》里的英雄感……都令我在阅读时颇有触动。其中，《母亲，我在武汉送快递》一首很吸引我的注意，想必也会吸引广大读者的注意。不仅是由于这首诗涉及现实事件和公共话题，我们都知道，许多人可能还直接体会过，在共克时艰、战胜疫情的过程中，"快递"曾给我们带来怎样的安全感及喜悦感。从快递从业者的视角展开书写、记叙和抒情，意涵很深、意义很大。再就是《英雄》一首，这首诗所讲的故事是悲剧性的，它同死亡有关。但诗作切入死亡事件的角度是具体、微观的，王二冬写到了逝者身后留下的女儿——并且，有意无意地将"未完成投递的快件"这一意象与之相关联。这是非常有"人情味"的处理方式，其他诗作里也有不少类似的处理，这些笔触无疑在一定程度上保障了《快递中国》在"大主题"之下的"小弹性"。

除了"小弹性"，《快递中国》里还充满"小知识"。这些知识对王二冬来说可能只是常识，但对我们来说，却有一种大开眼界、乃至"日常细节陌生化"的效果。比如前文引用过的那句诗，"巴枪已自动关闭"，"巴枪"这个意象在《快递中国》里反复出现，而我也是读完才知道，我平日口中"那个快递扫码的机器"，原来名字叫"巴枪"。再如快递行业的分拣运营中心，与之有关的想象原本是同"自动化""机械化"绑定在一起的，但《仓储牧狼人》将它比喻成"长满快件和商品的草原"，"几百只小狼在里面自由穿梭"，无疑是把"产业"乃至"技术"形象化了。这种生命感、形象温度和人文精神的注入，对整个快递行业而言，都是很有益、乃至很重要的。

至于这种温度的注入，当然直接地来自诗人的情感、心灵与技术性创造。这里就回到了开头卖的那个"关子"：为什么我把"李壮评王二冬"改成了"李壮评《快递中国》"？现在可以回答了。一方面的原因是，我知道二冬不仅仅写快递题材的诗歌，他

的创作题材领域实际很宽，因此严格来讲，我在这里仅仅是谈论
"王二冬的快递诗歌"而非整体性的"王二冬诗歌"。另一方面，
则同本文的所有论述关系更加紧密：《快递中国》和"快递中国"
里面，原本就有着王二冬深刻、完整的生命岁月和情感投入。王
二冬一直在"快递中国"内部。写了后者，其实就已经写了二冬。

　　李壮，青年评论家、诗人，1989 年 12 月出生于山东青岛，
现居北京，供职于中国作家协会创作研究部。

《快递中国》的"物"与"物感"

张厚刚

"90后"诗人王二冬，近年来成长迅猛，先后获得过中国红高粱诗歌奖、草堂诗歌奖等，参加了《诗刊》社组织的第36届青春诗会并出版诗集《东河西营》。王二冬的诗，引起了诗歌评论界的关注，著名诗歌评论家赵目珍接连在《文学教育》刊文，肯定王二冬的"乡愁"书写的意义，康建军博士运用空间理论解析了王二冬诗歌中的"家园意识"。王二冬近年来投身于快递行业，这是他的诗歌新的增长点，也是中国诗歌现实主义一翼新的生长可能性。著名诗人、文化学者西川有一个观点，一个构成意义的诗人必须处理自己当下的时代。王二冬所处理的"快递中国"，正是中国当下的时代现实。

一、看见新的"物"

人类的分工与合作，离不开物质和情感的传递，但今天意义上的"快递"已经远远超出了以往的"邮递"时代，其范围之广、影响之深，已经成为现实生活中的新民俗。"快递"，成为中国速度的代名词，从另一个意义上讲，快递重塑了中国人对于时间和空间的感受，快递重构了人间思念、人际温暖的内涵。每一个快件，在历史的时空里穿梭几番，最终成为宇宙的一粒尘埃，它自己快递自己，自己存在自己，又自己虚无自己。

"快递"这个行业，无论经过多少"科技"的介入，最终都是由一个个快递员来完成交接与传递，每一个"快件"中，都必定含有快递员的"手温"与"凝视"。由于快递行业的人工用量大，从业门槛不高，劳动密集，这一群体具有怎样的精神和情感，诗人为我们呈现出这"非虚构"的现实环节。在这本诗集中，有专写一个快递员的《北京梦——兼致快递员宋学文》《春海》《每个人的赛场——兼致快递员栾玉帅》，其他的进入诗歌中的快递员名字有《找北》中的尚明远，《英雄》中的快递员阿力，《运动排行榜》中的老王，还有《故乡的月》中的"快递员七号"，《百岛女站长》中的女站长，《播种者》中的老马……这些快递员各具特性，但王二冬发现他们都是"奔跑者"。在《乡村使者》中，活跃穿梭在乡村里的快递员，使人想起曾经活跃在城乡大地上的身穿绿色制服的邮递员，进入新世纪以来，写信已经被微信、电子邮件取代，这是时代的进步带来的不可逆转的现代性，快递小哥也成为新的乡村使者。快递本身是一种物质交换，同时也是一种精神期待的达成，是爱的递送和延展。

而关注快递小哥的生存状态、精神情感状态，使他们的劳动与尊严被"看见"，也是王二冬诗歌的重要主题。这些快递小哥大多数来自农村，他们以"快递"为生。《英雄》中的快递员阿力，倒在了送快递的途中，这个场景实在是过于悲壮，没有人能猜出阿力为什么倒下，是过度劳累，还是其他什么原因，是资本逻辑下的盘剥与压榨，还是自我防护不够精细，给读者留下了很大的想象空间，谁来关心快递员的身心健康，在一味的催件、在无限的速度的诱力下，快递员的甘苦有谁能知，这首诗带有新时代的人文精神的思考，把冰冷的速度和效率置于人性之下来拷问。《八月的最后一个夜晚》写道："他没有休息一天，31天，434个小时/5890个快件，银行卡显示到账9760元/房租900元、饮食700元，剩8160元/昨天中午，他还花160块钱请合租的兄弟""最后的7000块，在八月的最后一个夜晚/轻盈又沉重起来：大儿子明天要到城里上初中/妻子的工作还未解决，岳父中秋节生日/老两口虽然从没说过什么，可他心里都清楚……"诗中最后写道："尤其是中年男人，他们藏在心里/用肩扛着、用手拽着，踉踉跄跄奔向前方"。这些快递小哥，"尤其是中年男人"，背负着沉重的家庭责任，"踉踉跄跄奔向前方"成为他们的生活状态，王二冬以"新写实"的方式，为快递小哥塑造了艺术群像，这也是诗歌介入现实的有效途径。

二、以"东河西营"为原点地标，构建诗学空间

"东河西营"是王二冬的出生地，这是个位于黄河三角洲上的一处安静小村。王二冬曾以"东河西营"作为正式出版的第一部诗集的名字，可见，王二冬对这一诗歌地理坐标的重视。作为诗歌地理坐标，"东河西营"已经从现实的故乡——无棣县东河西营村，迁移到诗歌表象中来，我们不能仅仅把"东河西营"作为诗人讴歌故乡的承载物，这一地标概念已经成为诗人观察理解乡村与城市、文学与生活、中国与世界的起点。海德格尔曾经说，诗

人的天职是还乡。东河西营就是王二冬的还乡之乡。在《乡村使者》这首诗中出现的"东河西营",也是《快递中国》中第一次出现这一地名。

"东河西营"在《快递中国》这部诗集中出现在 18 首诗中,占诗集篇目的五分之一,分别是《乡村使者》《母亲,我在武汉送快递》《分拣女工》《打包月光》《世界》《工号 00577977》等。在《母亲,我在武汉送快递》《打包月光》一诗中,"东河西营"是作为乡愁的承载出现的,而《八月的最后一个夜晚》中,"突然想起东河西营的老房子,今夏雨水多",老房子成为一个中年快递员的爱与责任。但无论是哪一种意义上的"东河西营",这一诗歌地理坐标都是相对于城市出现的,这里出现了一个有意思的现象,在城乡二元的融合中,作为乡愁本身就是城市生活的一部分,在融入与拒斥中,乡愁起到了平衡功能。

"东河西营"倔强而骄傲地生长在王二冬的诗歌领域中,"我们都来自四面八方,比如我 / 出省,就是山东的;出市,就是滨州的 / 出县,就是无棣的;出村,就是东河西营的","东河西营"成为王二冬的精神高地,在王二冬的诗歌世界里,"东河西营"成为他的世界的中心,并以此来辐射到世界、辐射到宇宙。在《遥远的包裹》中写道,"嫦娥一号是优秀的快递小哥","等待接收一百三十七亿光年外的快件",诗写至此,"快递"不再仅仅是"中国",也脱逸出"地球"的范围,而是获得了一种"宇宙意识"。总有一个东河西营在背后抵偿所有的城市疲惫,乡愁抵押使得"城愁"得到的纾解,诗和远方实际上就是故乡和童年,就是宇宙和理想,就是爱情和希望。

三、关注时代重大事件，是诗歌的使命之一

快递在抗击疫情中以其专业精神、组织性、科学性，发挥了良好作用，《母亲，我在武汉送快递》《守护封控区》等，都体现了重大事件的诗歌迁移，这也是王二冬诗歌现实关怀的强烈部分。"不要挂念我，母亲／我在武汉送快递，与万家／不熄的灯火，与所有逆行的人／一起守护这座城市的烟火气""母亲，你见过那么多渴望春天的眼神吗／每一个口罩的背后都隐藏着一个世界／——恐慌、悲伤、焦灼、平静／怀疑，或又满含生命向上的力量"。《母亲，我在武汉送快递》这首诗写于2020年2月14日，正是武汉疫情方炽，在巨大未知的恐惧面前，以穿梭在武汉街头送快递的形式，参与这具有重要意义的防疫时刻，显得悲壮而勇敢，完成了一次对"防疫英雄"的塑造，具有强烈的人文关怀和社会担当精神。

在时代重大主题的书写上，王二冬以向母亲倾诉的方式，表白了自己对于疫情中的责任担当、恐惧克服、希望重生的诗歌力量，这也是最早构成广泛影响力的一首诗，发表在2020年第7期《诗刊》上，这也是诗歌"出圈"并产生影响力的良好个案。

四、"物感"与时代

王二冬的诗中，"物"已经不再是作为冷冰冰的客观实体，已经是经过人的双手，附着上了人的体温和精神选择，快递之物，初始和最终指向的还是人的精神、情感的负载和传递。海德格尔认为"所有作品都有一种物因素"，他所讨论的物是什么的问题实际上就是人是谁的问题。在这个意义上，诗歌艺术所处理的不再

是 "物"本身,而是 "物感","物"给人内化于己的感受。

借助于 "快递"之物性,显示其与人的关联,王二冬使 "世界"敞开,使 "存在"显现。每一个构成意义的诗人,都必须处理他的时代——他所处的时代精神、时代情感、时代焦虑。王二冬是在这个意义上使诗歌成为这个时代情感、时代心灵的载体。这是王二冬处理时代情感的才华显现。

作为 "90后"诗人中的领军人物之一的王二冬,在诗歌之路上已经有了一个良好的开端,我们希望他更强劲地拥抱生活、投入生活,拥抱诗,投入诗,发掘并超拔于物,写出属于自己的时代之诗——这个时代的脉搏与体温、眼泪与呼吸、奋腾与喊叫,写出活的中国的灵魂与血的蒸汽,写出奋进中国的时代光泽与风华。

张厚刚,文学博士,聊城大学文学院副教授,硕士研究生导师。主要致力于中国新诗批评与新诗理论研究。

"二"冬前传

老　四

二冬还没"二"的时候，我们是一起干过很多事的兄弟。

那些年，我认识的这个人叫王冬。

初识于长清，徐志摩遇难的济南北大山脚下，同聊文学，同饮酒，同宿。还有木鱼，一个略显闷骚的"90后"诗人。三人一起登上北大山，对过去和现实表达一些想法，留下了在朋友中广泛流传的一张照片：赤裸上身，胳膊交叉盘在胸前，表情稚嫩又睥睨天下，颇有20世纪80年代莫言、张艺谋、姜文在高粱地旁所摄照片的风采，只是身边缺了一个年轻貌美的巩俐。

彼时，二冬即将从聊城大学毕业，常一人骑车逡巡于鲁西大地，上鱼山访曹植墓，下黄河寻李白诗，操刀九歌文学社，获得了中国红高粱诗歌奖。及至毕业，把女友送上东去烟台读研究生的列车，一人拖着行李来到济南。

好了，我们的故事正式开始。

剩下的四年时间，济南成为共同的居所。我们有很多相似之处，后来的恋爱结婚生子时间都一致，毕业即异地恋的女友后来都成了孩他妈，遵循年龄的规律，他比我晚五年。喝酒当然不是目的（这是句骗人的话），常聚在一起也就有了意义。

二冬正式进入了中国快递行业，以新闻专业和文学功底，以及与生俱来的"厚脸皮"打开局面，将自己迅速融入社会。其居住地，在五龙潭西边的制锦市。这个地方，过去是民族资本家张东木和他的"东元盛"的地盘，至今仍有许多遗存，比如一座座红砖的院落。有说法称，张东木是电视剧《大染坊》中陈六子的原型，这一点更为人熟知。也是在制锦市，更早之前我第一次见到诗人麦岸。五龙潭的泉水向北流，穿街过巷，形成了几处泉边扎啤屋。泉水与生活密切相关，且绝对清澈而未被富营养化，这是济南骄傲于其他城市的景观。在酒的作用下，我们更喜欢临水而饮扎啤的快感。

二冬正式踏入"一无所有的年轻人"行列，无房无车无钱，这是我们每个人都要经历的旅程。除了那个遥远的村庄，村里的人和事，除了胶东沿海的女友，真的是一无所有。当然，一切都在增长，"野心"在增长，视野在增长，城市记忆在增长，人的命在增长。

"在烟熏火燎的烧烤摊旁，我、老四、王冬又一起喝着啤酒，聊着诗坛上鸡零狗碎的传闻。"辰水的这句话，可以用来阐述我们惯常的一种状态。也许是那几年的烧烤吃多了，也许是不少烧烤摊上的朋友逐渐离开，现在我对烧烤已没有当年的热情。愈是没有了，愈发觉得当时的珍贵。那也真是烧烤的黄金时代，路边摊一眼望不到头，扎啤杯觥筹交错，喝酒的原因和目的都是喝酒。

二冬个高、帅气，棱角分明的脸上，每每醉眼迷离间，眉头高皱，张开大嘴，咬字低沉："四、四、四哥，你听我说……"

嗯，他着急的时候有点口吃。

某日，我突然觉得不胜酒力了，二冬很激动，写了一首同题诗，并约我喝了一场；某日，我约他吃火锅，寒风中他等了我一个小时，火锅吃了十斤，他说要给我写三十年诗，写诗与喝酒形成对比；某日，他在出租车上打开车窗，把一场酒吐向久违的天空，撕开了一个天大的口子⋯⋯

酒事，连通人事。

东河西营带给二冬最初的诗歌灵感，也是最初的思想维度。最早，我把东河西营看做了东荷西柳。这不怪我，东荷西柳是济南的城市标志，而那个躲在鲁北平原的小村子，除了诗人会以难以名状的爱来阐释，理论上讲不会被十四亿人中的多数知道。我在当时的一个小评论里写道："大雪弥漫于整个世界，喝酒的诗人把自己送往雪的国度，远方是什么？是青海、西藏，也是瓜棚里的震颤——然而，那个叫东河西营的村庄才是诗人命运的落脚点。温柔的荒凉承载生命的缺口，诗人给出灵魂的梵音：我的命，只允许我一个人去可怜。"

东河西营自然不是常规意义上的村庄，甚至不是一般诗歌意义上的村庄。二冬曾在两篇创作谈里谈到他的村庄，分别是《为什么是东河西营？》《为什么不是东河西营？》，题目各异，殊途同归。有了东河西营，他就能屈能伸，达则问鼎天下，退则躲进东河西营温暖的臂弯。在诗歌意义上，无论是达，还是退，东河西营都承载了他的悲悯、焦灼、激动、委顿、顿悟⋯⋯

当然，人不能只停留在一个世界，离乡是为了最终的返乡，离乡的过程也值得大书特书。我曾建议他不要老盯着过去，写一写当下的、正在经历的生活。很长一段时间没见他写，慢慢融入这座城市后，也有了一些感觉。他开始写济南，并思考单纯的个人际遇之外的普遍诗意。

那几年，喝酒还未酣，不至于癫狂并将话题引入某些隐秘的领域，处于正常交流阶段时，我们多次讨论，诗歌如何走出自我扎根现实——身处巨大时代裂变中的我们，虽有切实体验，却很难在艺术和现实之间找到平衡。我试图以小我与他者之间的关联透析时代的痕迹，二冬选择了快递。

身处邮政快递业，具体从事宣传工作，他认识了不同快递公司的许多人。一次，我一个在某快递公司的同学夸赞起邮政管理部门的一个年轻人，经过三言两语的比对，我们谈到的"两个王冬"是同一个人。一次，我参加了二冬牵头组织的一次媒体活动，深入鲁南的一个县，去探寻农村电商、快递的发展。作为组织者，二冬游刃于不同层次的人中，忽而"老奸巨猾"，忽而润物无声，我不禁有些许怅然，那个初毕业的年轻人已经成熟了。一个元旦，二冬跟着一位女快递员送了一天快递，之后写了报道《女快递员的新年第一天》，发表在我任职的媒体。娴熟的文笔，贴切细腻的细节，使这篇文章成为编辑部的经典范文，秒杀一众老记者，就连主编都感叹，这个人能来我们单位就好了。

以一个普遍广泛、与每个人息息相关的行业，统摄当下中国的巨大变迁，从中找到艺术和现实之间的着力点，将艺术的普遍价值与一个个个体命运连接。所谓的职业，成为二冬寻找自我与时代关联的一把钥匙。

济南是二冬最早安身立命的所在，恋爱多年的女友终于硕士毕业，东北部的华不注之侧，有了他的第一个房子。没过多久，我也在此地买了房子，距离他的房子只有一箭之地，站在阳台上东南望，就能看见几百米外"虚拟"的二冬。

华不注，海拔只有 197 米，孤立于黄河畔的大平原上。虽不高，却大名鼎鼎。齐晋鞍之战发生于此，所谓齐顷公"三周华不注"是也。李白赋诗云："兹山何峻秀，绿翠如芙蕖。"赵孟頫为其作名画《鹊华秋色图》，后来我们的房子恰好在这幅图里。元好问、张养浩、李攀龙、边贡、蒲松龄……一长串名字与这座山有关。后世自然会记住当下两个新的名字，越新鲜，山越雄壮。

可惜，二冬是虚拟的，新房一次也没住过。2018 年中，新婚不久，他就告别济南，北上京城。彼时，我正在鲁迅文学院读书，他去北京，准备入职京东物流。我突生一股悲凉，或孤独，我只是短暂居京，二冬却要抛却济南稳定的工作、安乐的小窝，让自己置身于新的挑战。我们游了卢沟桥，找了更多居京的外省诗人。过去的多少朋友，以各种目的投奔北京，留给我所在的城市诸多思念与空想。他们也会如邻筐一般，为稻粱谋，为理想谋，在九月九日想起山东兄弟，"趁傍晚，爬到小区住宅楼的顶上／向兄弟们所在的南方，望了又望。"

有一次和麦岸聚于通州运河畔，这条运河，若能恢复行船，能通往我们共同的文化故地，通往二冬文学最初萌芽的鲁西。有一次在地铁上告别，二冬先下，直奔位于次渠附近的出租屋。我继续赶往芍药居，看到一闪而过的背影，就感觉失去了许多东西。

以进京前后为标志，过去的王冬不见了，一个"二"的人横空出世。为了与某同名诗人区分？"欧阳江河"诞生即是如此。

为了与自己的气质更匹配？"王冬"确实大众化，一个"二"字，赋予自身一种灵动的感觉。也许是在数字上向"二棍"或"老四"致敬，谁知道呢。

以前在鲁西寻找东河西营，后来在济南找，现在在北京找。东河西营的外延不断扩大，具体到诗歌文本，有各位专家的诸多赞誉，我不再赘述。现在，二冬的野心还在膨胀，东河西营的诗歌地理继续延伸。

更重要的是，投入到快递一线，二冬的"快递中国"一下子有了着力点，有了根。中国故事，即是对现实和历史的生动再造，是流淌在每个优秀写作者心中的河流。书写时代背景下的个体命运，呈现历史发展的某种艺术逻辑，是文学的使命，无数作品从这里出发，走向经典。

由此，我要向过去的我们敬一杯酒，向过去喝过的酒敬一杯，向过去搜寻自我与时代关联的二冬敬一杯酒。

回到2018年，我把已经是二冬的二冬留在北京，一个人回了济南。

这不是我一个人的济南，是许多人的出发地。要知道，它不是实在的故乡，是另一个故乡，诗的故乡吧。一个诗人，二十几岁时主要情感的迸发地，一定是一生中绕不过去的高地。

当然会时常联系、见面，济南的诸多过客，常以复杂的心情回来看看。比如刚刚告别的2018年夏天，很快又在东营流连于啤酒、烧烤、海鲜，呼朋引伴，乐而忘返，好像北京的分离是虚假的。最后一日，二冬与我驾车至青州，他要乘火车回北京，我要去拜访蒲松龄，继而回济南，又是一次告别。他在诗中叮嘱我：

"你要在我暂时缺位的旅途中 / 继续与自己抗争 / 继续在鹊华秋色图中 / 守护我们共同爱着的女人。"偏颇了，我们共同爱的女人，早已将我们抛弃。我们没有共同爱的女人，我们共同爱的女人就是我们各自的女人。

比如写此文后不多时，我们会相遇于渤海之滨的万松浦书院。那真是文学的圣殿，读书写作的好地方，不乏大海与一无所有，开怀畅饮与迷途知返。

比如我现在居住的华不注，它在等待一个归来者，在众多以它为荣的名字中需要新的元素。

比如视频里常出现的小儿王大壮，出生于 2019 年，新一代的二冬茁壮成长，现在已能熟练地对着虚拟的我喊"大爷"。大爷，山东的大爷，"九月九日忆山东兄弟"的大爷。

2022 年 7 月 6 日于华不注

老四，本名吴永强，"80 后"诗人，山东省作协签约作家。